VICTOR HUGO

LES

MISÉRABLES

PREMIÈRE PARTIE

FANTINE

I

PARIS

PAGNERRE, LIBRAIRE-ÉDITEUR

18 RUE DE SEINE 18

M DCCC LXII

LES

MISÉRABLES

TOME PREMIER

EDITLURS

A. LACROIX, VERBOECKOVEN ET C\`

\ BRÙXELLES

PARIS   IMPRIMERIE DE J CLAYE, RUE SAINT BENOIT, 7

VICTOR HUGO

LES

MISÉRABLES

PREMIÈRE PARTIE

FANTINE

I

PARIS

PAGNERRE, LIBRAIRE-ÉDITEUR

18 RUE DE SEINE 18

M DCCC LXII

PRÉFACE

Tant qu'il existera, par le fait des lois et des
mœurs, une damnation sociale créant artificielle-
ment, en pleine civilisation, des enfers, et compli-
quant d'une fatalité humaine la destinée qui est
divine; tant que les trois problèmes du siècle, la
dégradation de l'homme par le prolétariat, la dé-
chéance de la femme par la faim, l'atrophie de

l'enfant par la nuit, ne seront pas résolus; tant que, dans de certaines régions, l'asphyxie sociale sera possible; en d'autres termes, et à un point de vue plus étendu encore, tant qu'il y aura sur la terre ignorance et misère, des livres de la nature de celui-ci pourront ne pas être inutiles.

Hauteville-House, 1862.

FANTINE

LIVRE PREMIER

UN JUSTE

M. MYRIEL

En 1815, M. Charles-François-Bienvenu Myriel·
était évêque de D. — C'était un vieillard d'environ
soixante-quinze ans ; il occupait le siége de D. —
depuis 1806.

Quoique ce détail ne touche en aucune manière
au fond même de ce que nous avons à raconter, il
n'est peut-être pas inutile, ne fût-ce que pour être
exact en tout, d'indiquer ici les bruits et les propos

qui avaient couru sur son compte au moment où il
était arrivé dans le diocèse. Vrai ou faux, ce qu'on
dit des hommes tient souvent autant de place dans
leur vie et surtout dans leur destinée que ce qu'ils
font. M. Myriel était fils d'un conseiller au parle-
ment d'Aix ; noblesse de robe. On contait que son
père, le réservant pour hériter de sa charge, l'avait
marié de fort bonne heure, à dix-huit ou vingt ans,
suivant un usage assez répandu dans les familles
parlementaires. Charles Myriel, nonobstant ce mariage, avait, disait-on, beaucoup fait parler de lui.
Il était bien fait de sa personne, quoique d'assez
petite taille, élégant, gracieux, spirituel; toute la
première partie de sa vie avait été donnée au
monde et aux galanteries. La révolution survint,
les événements se précipitèrent, les familles parlementaires, décimées, chassées, traquées, se dispersèrent. M. Charles Myriel, dès les premiers
jours de la révolution, émigra en Italie. Sa femme
y mourut d'une maladie de poitrine dont elle était
atteinte depuis longtemps. Ils n'avaient point d'enfants. Que se passa-t-il ensuite dans la destinée
de M. Myriel? L'écroulement de l'ancienne société
française, la chute de sa propre famille, les tragi-

ques spectacles de 93, plus effrayants encore peut-
être pour les émigrés qui les voyaient de loin avec
le grossissement de l'épouvante, firent-ils germer
en lui des idées de renoncement et de solitude?
Fut-il, au milieu d'une de ces distractions et de
ces affections qui occupaient sa vie, subitement
atteint d'un de ces coups mystérieux et terribles
qui viennent quelquefois renverser, en le frappant
au cœur, l'homme que les catastrophes publiques
n'ébranleraient pas en le frappant dans son existence et dans sa fortune? Nul n'aurait pu le dire ;
tout ce qu'on savait, c'est que, lorsqu'il revint
d'Italie, il était prêtre.

En 1804, M. Myriel était curé de B. (Brignolles).
Il était déjà vieux, et vivait dans une retraite profonde.

Vers l'époque du couronnement, une petite affaire de sa cure, on ne sait plus trop quoi, l'amena
à Paris. Entre autres personnes puissantes, il alla
solliciter pour ses paroissiens M. le cardinal Fesch.
Un jour que l'empereur était venu faire visite à son
oncle, le digne curé, qui attendait dans l'antichambre, se trouva sur le passage de sa majesté. Napoléon, se voyant regarder avec une certaine curio-

sité par ce vieillard, se retourna et dit brusquement :

— Quel est ce bonhomme qui me regarde?

— Sire, dit M. Myriel, vous regardez un bonhomme et moi je regarde un grand homme. Chacun de nous peut profiter.

L'empereur, le soir même, demanda au cardinal le nom de ce curé, et quelque temps après
M. Myriel fut tout surpris d'apprendre qu'il était
nommé évêque de D. —

Qu'y avait-il de vrai du reste dans les récits
qu'on faisait sur la première partie de la vie de .
M. Myriel? Personne ne le savait. Peu de familles
avaient connu la famille Myriel avant la révolution.

M. Myriel devait subir le sort de tout nouveau
venu dans une petite ville où il y a beaucoup de
bouches qui parlent et fort peu de têtes qui pen-
sent. Il devait le subir, quoiqu'il fût évêque et
parce qu'il était évêque. Mais, après tout, les propos auxquels on mêlait son nom n'étaient que des
propos ; du bruit, des mots, des paroles ; moins
que des paroles, des *palabres*, comme dit l'énergique langue du midi.

Quoi qu'il en fût, après neuf ans d'épiscopat et

de résidence à D. —, tous ces racontages, sujets
de conversation qui occupent dans le premier
moment les petites villes et les petites gens, étaient
tombés dans un oubli profond. Personne n'eût osé
en parler, personne n'eût osé s'en souvenir.

M. Myriel était arrivé à D. — accompagné
d'une vieille fille, mademoiselle Baptistine, qui
était sa sœur et qui avait dix ans de moins
que lui.

Ils avaient pour tout domestique une servante
du même âge que mademoiselle Baptistine, et
appelée madame Magloire, laquelle, après avoir
été *la servante de M. le curé,* prenait maintenant
le double titre de femme de chambre de mademoiselle et femme de charge de monseigneur.

Mademoiselle Baptistine était une personne
longue, pâle, mince, douce ; elle réalisait l'idéal
de ce qu'exprime le mot « respectable ; » car il
semble qu'il soit nécessaire qu'une femme soit
mère pour être vénérable. Elle n'avait jamais été
jolie ; toute sa vie, qui n'avait été qu'une suite de
saintes œuvres, avait fini par mettre sur elle une
sorte de blancheur et de clarté ; et, en vieillissant,
elle avait gagné ce qu'on pourrait appeler la beauté

de la bonté. Ce qui avait été de la maigreur dans
sa jeunesse était devenu, dans sa maturité, de la
transparence ; et cette diaphanéité laissait voir
l'ange. C'était une âme plus encore que ce n'était
une vierge. Sa personne semblait faite d'ombre ; à
peine assez de corps pour qu'il y eût là un sexe ;
un peu de matière contenant une lueur ; de grands
yeux toujours baissés ; un prétexte pour qu'une
âme reste sur la terre.

Madame Magloire était une petite vieille, blanche,
grasse, replète, affairée, toujours haletante, à
cause de son activité d'abord, ensuite à cause d'un
asthme.

A son arrivée, on installa M. Myriel en son
palais épiscopal avec les honneurs voulus par les
décrets impériaux qui classent l'évêque immédia-
tement après le maréchal de camp. Le maire et le
président lui firent la première visite et lui de son
côté fit la première visite au général et au préfet.

L'installation terminée, la ville attendit son
évêque à l'œuvre.

II

M. MYRIEL DEVIENT MONSEIGNEUR BIENVENU

Le palais épiscopal' de D. — était attenant à l'hôpital.

Le palais épiscopal était un vaste et bel hôtel bâti en pierre au commencement du siècle dernier par monseigneur Henri Puget, docteur en théologie de la faculté de Paris, abbé de Simore, lequel était évêque de D. — en 1712. Ce palais était un vrai logis seigneurial. Tout y avait grand air, les appartements de l'évêque, les salons, les chambres, la cour d'honneur, fort large avec promenoirs à arcades, selon l'ancienne mode florentine, les jardins plantés de magnifiques arbres. Dans la salle à manger, longue et superbe galerie qui était au rez-de-chaussée et s'ouvrait sur les jardins, monseigneur Henri Puget avait donné à manger en cérémonie le 29 juillet 1714 à messeigneurs Charles Brûlart de Genlis, archevêque prince d'Embrun, Antoine de Mesgrigny, capucin, évêque de Grasse, Philippe de Vendôme, grand prieur de France, abbé de Saint-Honoré de Lérins, François de Berton de Grillon, évêque baron de Vence, César de Sabran de Forcalquier, évêque seigneur de Glandève, et Jean Soanen, prêtre de l'oratoire, prédicateur ordinaire du roi, évêque seigneur de Senez; les portraits de ces sept révérends personnages décoraient cette salle, et cette date mémorable, 29 juillet 1714, y était gravée en lettres d'or sur une table de marbre blanc.

L'hôpital était une maison étroite et basse à un seul étage avec un petit jardin.

Trois jours après son arrivée, l'évêque visita l'hôpital. La visite terminée, il fit prier le directeur de vouloir bien venir jusque chez lui.

— Monsieur le directeur de l'hôpital, lui dit-il, combien en ce moment avez-vous de malades?

— Vingt-six, monseigneur.

— C'est ce que j'avais compté, dit l'évêque.

— Les lits, reprit le directeur, sont bien serrés les uns contre les autres.

— C'est ce que j'avais remarqué.

— Les salles ne sont que des chambres et l'air s'y renouvelle difficilement.

— C'est ce qui me semble.

— Et puis, quand il y a un rayon de soleil, le jardin est bien petit pour les convalescents.

— C'est ce que je me disais.

— Dans les épidémies, nous avons eu cette année le typhus, nous avons eu la suette miliaire il y a deux ans, cent malades quelquefois, nous ne savons que faire.

— C'est la pensée qui m'était venue.

— Que voulez-vous, monseigneur? dit le directeur, il faut se résigner.

Cette conversation avait lieu dans la salle à manger-galerie du rez-de-chaussée.

L'évêque garda un moment le silence, puis il

se tourna brusquement vers le directeur de l'hôpital.

— Monsieur, dit-il, combien pensez-vous qu'il
tiendrait de lits rien que dans cette salle?

— Dans la salle à manger de monseigneur?
s'écria le directeur stupéfait.

L'évêque parcourait la salle du regard et semblait y faire avec les yeux des mesures et des calculs.

— Il y tiendrait bien vingt lits! dit-il, comme
se parlant à lui-même; puis élevant la voix :

— Tenez, monsieur le directeur de l'hôpital,
je vais vous dire. Il y a évidemment une erreur.
Vous êtes vingt-six personnes dans cinq ou six petites chambres. Nous sommes trois ici et nous avons
place pour soixante. Il y a erreur, je vous dis,
vous avez mon logis et j'ai le vôtre. Rendez-moi
ma maison; c'est ici chez vous.

Le lendemain les vingt-six pauvres malades
étaient installés dans le palais de l'évêque et l'évêque était à l'hôpital.

M. Myriel n'avait pas de biens, sa famille ayant
été ruinée par la révolution. Sa sœur touchait une
rente viagère de cinq cents francs qui, au presby-

tère, suffisait à sa dépense personnelle. M. Myriel recevait de l'État comme évêque un traitement de quinze mille francs. Le jour même où il vint se loger dans la maison de l'hôpital, M. Myriel détermina l'emploi de cette somme une fois pour toutes de la manière suivante. Nous transcrivons ici une note écrite de sa main.

« *Note pour régler les dépenses de ma maison.*

« Pour le petit séminaire. . . . . . . quinze cents livres.
« Congrégation de la mission. . . . . . cent livres.
« Pour les lazaristes de Montdidier. . . . . cent livres.
« Séminaire des missions étrangères à Paris. . deux cents livres.
« Congrégation du Saint-Esprit. . . . . . . cent cinquante livres.
« Établissements religieux de la Terre-Sainte. cent livres.
« Sociétés de charité maternelle. . . . . . . trois cents livres.

« En sus, pour celle d'Arles. . . . . cinquante livres.

« Œuvre pour l'amélioration des prisons. . . quatre cents livres.

« Œuvre pour le soulagement et la délivrance des prisonniers. . . . cinq cents livres.

« Pour libérer des pères de famille prisonniers pour dettes. . . . . . . mille livres.

« Supplément au traitement des pauvres maîtres d'école du diocèse. . . deux mille livres.

« Grenier d'abondance des Hautes-Alpes. . . . cent livres.

« Congrégation des dames de D. — , de Manosque et de Sisteron pour l'enseignement gratuit des filles indigentes. . . . . . quinze cents livres.

« Pour les pauvres. . . six mille livres.

« Ma dépense personnelle. . . . . . . mille livres.

« Total. . . quinze mille livres. »

Pendant tout le temps qu'il occupa le siége de D. —, M. Myriel ne changea rien à cet arrangement. Il appelait cela, comme on voit, *avoir réglé les dépenses de sa maison.*

Cet arrangement fut accepté avec une soumission absolue par mademoiselle Baptistine. Pour cette sainte fille, M. de D.— était tout à la fois son frère et son évêque, son ami selon la nature et son supérieur selon l'église. Elle l'aimait et elle le vénérait tout simplement. Quand il parlait, elle s'inclinait ; quand il agissait, elle adhérait. La servante seule, madame Magloire, murmura un peu. M. l'évêque, on l'a pu remarquer, ne s'était réservé que mille livres, ce qui, joint à la pension de mademoiselle Baptistine, faisait quinze cents francs par an. Avec ces quinze cents francs ces deux vieilles femmes et ce vieillard vivaient.

Et, quand un curé de village venait à D.— M. l'évêque trouvait encore moyen de le traiter, grâce à la sévère économie de madame Magloire et à l'intelligente administration de mademoiselle Baptistine.

Un jour, il était à D. — depuis environ trois mois, l'évêque dit :

— Avec tout cela je suis bien gêné !

— Je le crois bien, s'écria madame Magloire, monseigneur n'a seulement pas réclamé la rente que le département lui doit pour ses frais de carrosse en ville et de tournées dans le diocèse. Pour les évêques d'autrefois c'était l'usage.

— Tiens ! dit l'évêque, vous avez raison, madame Magloire.

Il fit sa réclamation.

Quelque temps après, le conseil général, prenant cette demande en considération, lui vota une somme annuelle de trois mille francs, sous cette rubrique : *Allocation à M. l'évêque pour frais de carrosse, frais de poste et frais de tournées pastorales.*

Cela fit beaucoup crier la bourgeoisie locale, et à cette occasion un sénateur de l'empire, ancien membre du Conseil des Cinq-Cents favorable au dix-huit brumaire et pourvu près de la ville de D. — d'une sénatorerie magnifique, écrivit au ministre des cultes, M. Bigot de Préameneu, un petit billet irrité et confidentiel dont nous extrayons ces lignes authentiques :

« — Des frais de carrosse ? pourquoi faire dans

« une ville de moins de quatre mille habitants ?
« Des frais de tournées ? à quoi bon ces tournées
« d'abord ? ensuite comment courir la poste dans
« ces pays de montagnes ? il n'y a pas de routes.
« On ne va qu'à cheval. Le pont même de la
« Durance à Château-Arnoux peut à peine por-
« ter des charrettes à bœufs. Ces prêtres sont tous
« ainsi ; avides et avares. Celui-ci a fait le bon
« apôtre en arrivant. Maintenant il fait comme les
« autres, il lui faut carrosse et chaise de poste. Il
« lui faut du luxe comme aux anciens évêques.
« Oh ! toute cette prêtraille ! Monsieur le comte,
« les choses 'n'iront bien que lorsque l'empereur
« nous aura délivrés des calotins. A bas le pape !
« (les affaires se brouillaient avec Rome) quant à
« moi, je suis pour César tout seul, etc., etc., etc. »

La chose, en revanche, réjouit fort madame
Magloire. — Bon, dit-elle à mademoiselle Baptistine, monseigneur a commencé par les autres,
mais il a bien fallu qu'il finît par lui-même. Il a
réglé toutes ses charités. Voilà trois mille livres
pour nous. Enfin !

Le soir même l'évêque écrivit et remit à sa
sœur une note ainsi conçue :

« *Frais de carrosse et de tournées.*

« Pour donner du bouillon de viande aux malades de l'hôpital.	quinze cents livres.
« Pour la société de charité maternelle d'Aix.	deux cent cinquante livres.
« Pour la société de charité maternelle de Draguignan. . . .	deux cent cinquante livres.
« Pour les enfants trouvés.	cinq cents livres.
« Pour les orphelins.	cinq cents livres.
« Total :	trois mille livres. »

Tel était le budget de M. Myriel.

Quant au casuel épiscopal, rachats de bans, dispenses, ondoiements, prédications, bénédictions d'églises ou de chapelles, mariages, etc., l'évêque le percevait sur les riches avec d'autant plus d'âpreté qu'il le donnait aux pauvres.

Au bout de peu de temps les offrandes d'argent

affluèrent. Ceux qui ont et ceux qui manquent
frappaient à la porte de M. Myriel, les uns venant
chercher l'aumône que ·les autres venaient y
déposer. L'évêque en moins d'un an devint le tré-
sorier de tous les bienfaits, et le caissier de toutes
les détresses. Des sommes considérables passaient
par ses mains, mais rien ne put faire qu'il chan-
geât quelque chose à son genre de vie et qu'il
ajoutât le moindre superflu à son nécessaire.

Loin de là. Comme il y a toujours encore plus
de misère en bas que de fraternité en haut, tout
était donné, pour ainsi dire, avant d'être reçu;
c'était comme de l'eau sur une terre sèche; il avait
beau recevoir de l'argent, il n'en avait jamais.
Alors il se dépouillait.

L'usage étant que les évêques énoncent leurs
noms de baptême en tête de leurs mandements
et de leurs lettres pastorales, les pauvres gens du
pays avaient choisi, avec une sorte d'instinct affec-
tueux, dans les noms et prénoms de l'évêque, celui qui leur présentait un sens, et ils ne l'appelaient que monseigneur Bienvenu. Nous ferons
comme eux, et nous le nommerons ainsi dans
l'occasion. Du reste cette appellation lui plaisait.

— J'aime ce nom-là, disait-il. Bienvenu corrige monseigneur.

Nous ne prétendons pas que le portrait que nous faisons ici soit vraisemblable : nous nous bornons à dire qu'il est ressemblant.

III

A BON ÉVÈQLE DUR ÉVÈCHÉ

M. l'évèque, pour avoir converti son carrosse en aumônes, n'en faisait pas moins ses tournées. C'est un diocèse fatigant que celui de D. — Il a fort peu de plaines et beaucoup de montagnes, presque pas de routes, on l'a vu tout à l'heure; trente-deux cures, quarante et un vicariats et deux cent quatre-vingt-cinq succursales. Visiter tout cela, c'est une affaire. M. l'évêque en venait

à bout. Il allait à pied quand c'était dans le voisinage, en carriole quand c'était dans la plaine, en
cacolet dans la montagne. Les deux vieilles femmes
l'accompagnaient. Quand le trajet était trop pé-
nible pour elles, il allait seul.

Un jour il arriva à Senez, qui est une ancienne
ville épiscopale, monté sur un âne. Sa bourse, fort
à sec dans ce moment, ne lui avait pas permis
d'autre équipage. Le maire de la ville vint le recevoir à la porte de l'évêché et le regardait descendre de son âne avec des yeux scandalisés.
Quelques bourgeois riaient autour de lui. — Monsieur le maire, dit l'évêque, et messieurs les bourgeois, je vois ce qui vous scandalise, vous trouvez
que c'est bien de l'orgueil à un pauvre prêtre de
monter une monture qui était celle de Jésus-Christ.
Je l'ai fait par nécessité, je vous assure, et non
par vanité.

Dans ces tournées il était indulgent et doux, et
prêchait moins qu'il ne causait. Il n'allait jamais
chercher bien loin ses raisonnements et ses mo-
dèles. Aux habitants d'un pays il citait l'exemple
du pays voisin. Dans les cantons où l'on était dur
pour les nécessiteux, il disait : — Voyez les gens

de Briançon. Ils ont donné aux indigents, aux veuves et aux orphelins le droit de faire faucher leurs prairies trois jours avant tous les autres. Ils leur rebâtissent gratuitement leurs maisons quand elles sont en ruines. Aussi est-ce un pays béni de Dieu. Durant tout un siècle de cent ans, il n'y a pas eu un meurtrier.

Dans les villages âpres au gain et à la moisson, il disait : — Voyez ceux d'Embrun. Si un père de famille, au temps de la récolte, a ses fils au service à l'armée et ses filles en service à la ville, et qu'il soit malade et empêché, le curé le recommande au prône ; et le dimanche, après la messe, tous les gens du village, hommes, femmes, enfants, vont dans le champ du pauvre homme lui faire sa moisson, et lui rapportent paille et grain dans son grenier. — Aux familles divisées par des questions d'argent et d'héritage, il disait : — Voyez les montagnards de Devolny, pays si sauvage qu'on n'y entend pas le rossignol une fois en cinquante ans. Eh bien, quand le père meurt dans une famille, les garçons s'en vont chercher fortune, et laissent le bien aux filles afin qu'elles puissent trouver des maris. — Aux cantons qui

ont le goût des procès et où les fermiers se rui-
nent en papier timbré, il disait : — Voyez ces
bons paysans de la vallée de Queyras. Ils sont là
trois mille âmes. Mon Dieu! c'est comme une petite république. On n'y connaît ni le juge, ni
l'huissier. Le maire fait tout. Il répartit l'impôt,
taxe chacun en conscience, juge les querelles gratis, partage les patrimoines sans honoraires, rend
des sentences sans frais, et on lui obéit, parce que
c'est un homme juste parmi des hommes simples.
— Aux villages où il ne trouvait pas de maître
d'école, il citait encore ceux de Queyras : — Savez-vous comment ils font? disait-il. Comme un
petit pays de douze et quinze feux ne peut pas
toujours nourrir un magister, ils ont des maîtres
d'école payés par toute la vallée, qui parcourent
les villages, passant huit jours dans celui-ci, dix
dans celui-là, et enseignent. Ces magister vont
aux foires où je les ai vus. On les reconnaît à des
plumes à écrire qu'ils portent dans la ganse de
leur chapeau. Ceux qui n'enseignent qu'à lire ont
une plume; ceux qui enseignent la lecture et le
calcul ont deux plumes; ceux qui enseignent la
lecture, le calcul et le latin ont trois plumes.

Ceux-là sont de grands savants. Mais quelle honte d'être ignorants! Faites comme les gens de Queyras.

Il parlait ainsi, gravement et paternellement; à défaut d'exemples il inventait des paraboles, allant droit au but, avec peu de phrases et beaucoup d'images, ce qui était l'éloquence même de Jésus-Christ, convaincu et persuadant.

IV

LES ŒUVRES SEMBLABLES AUX PAROLES

Sa conversation était affable et gaie. Il se mettait à la portée des deux vieilles femmes qui passaient leur vie près de lui; quand il riait, c'était le
rire d'un écolier.

Madame Magloire l'appelait volontiers *Votre
Grandeur*. Un jour il se leva de son fauteuil et alla
à sa bibliothèque chercher un livre. Ce livre était
sur un des rayons d'en haut. Comme l'évêque était

d'assez petite taille, il ne put y atteindre. — *Madame Magloire, dit-il, apportez-moi une chaise. Ma Grandeur ne va pas jusqu'à cette planche.*

Une de ses parentes éloignées, madame la comtesse de Lô, laissait rarement échapper une occasion d'énumérer en sa présence ce qu'elle appelait « les espérances » de ses trois fils. Elle avait plusieurs ascendants fort vieux et proches de la mort, dont ses fils étaient naturellement les héritiers. Le plus jeune des trois avait à recueillir d'une grand'-tante cent bonnes mille livres de rentes ; le deuxième était substitué au titre de duc de son oncle; l'aîné devait succéder à la pairie de son aïeul. L'évêque écoutait habituellement en silence ces innocents et pardonnables étalages maternels. Une fois pourtant, il paraissait plus rêveur que de coutume, tandis que madame de Lô renouvelait le détail de toutes ces successions et de toutes ces « espérances. » Elle s'interrompit avec quelque impatience : — Mon Dieu, mon cousin! mais à quoi songez-vous donc? — Je songe, dit l'évêque, à quelque chose de singulier qui est, je crois, dans saint Augustin : « Mettez votre espérance dans celui auquel on ne succède point. »

Une autre fois, recevant une lettre de faire part du décès d'un gentilhomme du pays, où s'étalaient en une longue page, outre les dignités du défunt, toutes les qualifications féodales et nobiliaires de tous ses parents : — Quel bon dos a la mort ! s'écria-t-il. Quelle admirable charge de titres on lui fait allégrement porter, et comme il faut que les hommes aient de l'esprit pour employer ainsi la tombe à la vanité !

Il avait, dans l'occasion une raillerie douce qui contenait presque toujours un sens sérieux. Pendant un carême, un jeune vicaire vint à D. — et prêcha dans la cathédrale. Il fut assez éloquent. Le sujet de son sermon était la charité. Il invita les riches à donner aux indigents afin d'éviter l'enfer qu'il peignit le plus effroyable qu'il put et de gagner le paradis qu'il fit désirable et charmant. Il y avait dans l'auditoire un riche marchand retiré, un peu usurier, nommé M. Géborand, lequel avait gagné deux millions à fabriquer de gros draps, des serges, des cadis et des gasquets. De sa vie M. Géborand n'avait fait l'aumône à un malheureux. A partir de ce sermon, on remarqua qu'il donnait tous les dimanches un sou aux vieilles

mendiantes du portail de la cathédrale. Elles
étaient six à se partager cela. Un jour l'évêque le
vit faisant sa charité et dit à sa sœur avec un sourire : — Voilà monsieur Géborand qui achète pour
un sou de paradis.

Quand il s'agissait de charité, il ne se rebutait
pas même devant un refus, et il trouvait alors des
mots qui faisaient réfléchir. Une fois, il quêtait
pour les pauvres dans un salon de la ville ; il y
avait là le marquis de Champtercier, vieux, riche,
avare, lequel trouvait moyen d'être tout ensemble
ultra-royaliste et ultra-Voltairien. Cette variété a
existé. L'évêque arrivé à lui lui toucha le bras :
— *Monsieur le marquis, il faut que vous me donniez*
quelque chose. Le marquis se retourna et répondit
sèchement : — *Monseigneur, j'ai mes pauvres.* —
Donnez-les-moi, dit l'évêque.

Un jour, dans la cathédrale, il fit ce sermon :

« Mes très-chers frères, mes bons amis, il y a
en France treize cent vingt mille maisons de paysans qui n'ont que trois ouvertures, dix-huit cent
dix-sept mille qui ont deux ouvertures, la porte et
une fenêtre, et enfin trois cent quarante six mille
cabanes qui n'ont qu'une ouverture, la porte. Et

cela, à cause d'une chose qu'on appelle l'impôt des
portes et fenêtres. Mettez-moi de pauvres familles,
des vieilles femmes, des petits enfants, dans ces
logis-là, et voyez les fièvres et les maladies! Hélas!
Dieu donne l'air aux hommes, la loi le leur vend.
Je n'accuse pas la loi! mais je bénis Dieu. Dans
l'Isère, dans le Var, dans les deux Alpes, les hautes
et les basses, les paysans n'ont pas même de
brouettes, ils transportent les engrais à dos
d'homme; ils n'ont pas de chandelles, et ils brû-
lent des bâtons résineux et des bouts de corde
trempés dans la poix-résine. C'est comme cela
dans tout le pays haut du Dauphiné. Ils font le
pain pour six mois, ils le font cuire avec de la
bouse de vache séchée. L'hiver, ils cassent ce pain
à coups de hache, et ils le font tremper dans l'eau
vingt-quatre heures pour pouvoir le manger. —
Mes frères, ayez pitié! voyez comme on souffre
autour de vous! »

Né provençal, il s'était facilement familiarisé
avec tous les patois du midi. Il disait : — *Eh bé!
moussu, sès sagé?* comme dans le bas Languedoc.
— *Onté anaras passa?* comme dans les basses
Alpes. — *Puerte un bouen moutou embe un bouen*

froumage grasc, comme dans le haut Dauphiné. Ceci plaisait beaucoup au peuple et n'avait pas peu contribué à lui donner accès près de tous les esprits. Il était dans la chaumière et dans la montagne comme chez lui. Il savait dire les choses les plus grandes dans les idiomes les plus vulgaires. Parlant toutes les langues, il entrait dans toutes les âmes.

Du reste il était le même pour les gens du monde et pour les gens du peuple.

Il ne condamnait rien hâtivement, et sans tenir compte des circonstances. Il disait : Voyons le chemin par où la faute a passé.

Étant, comme il se qualifiait lui-même en souriant, un *ex-pécheur*, il n'avait aucun des escarpements du rigorisme, et il professait assez haut, et sous le froncement de sourcil des vertueux féroces, une doctrine qu'on pourrait résumer à peu près ainsi :

« L'homme a sur lui la chair qui est tout à la fois son fardeau et sa tentation. Il la traîne et lui cède.

« Il doit la surveiller, la contenir, la réprimer, et ne lui obéir qu'à la dernière extrémité. Dans cette obéissance-là il peut encore y avoir de la faute ; mais la faute, ainsi faite, est vénielle. C'est une chute, mais une chute sur les genoux, qui peut s'achever en prière.

« Être un saint, c'est l'exception ; être un juste, c'est la règle. Errez, défaillez, péchez, mais soyez des justes.

« Le moins de péché possible, c'est la loi de l'homme. Pas de péché du tout est le rêve de l'ange. Tout ce qui est terrestre est soumis au péché. Le péché est une gravitation. »

Quand il voyait tout le monde crier bien fort et s'indigner bien vite : — Oh ! oh ! disait-il en souriant, il y a apparence que ceci est un gros crime que tout le monde commet. Voilà les hypocrisies effarées qui se dépêchent de protester et de se mettre à couvert.

Il était indulgent pour les femmes et les pauvres sur qui pèse le poids de la société humaine. Il disait : — Les fautes des femmes, des enfants, des serviteurs, des faibles, des indigents et des ignorants sont la faute des maris, des pères, des maîtres, des forts, des riches et des savants.

Il disait encore : — A ceux qui ignorent, ensei-

gnez-leur le plus de choses que vous pourrez; la
société est coupable de ne pas donner l'instruc-
tion gratis; elle répond de la nuit qu'elle produit.
Cette âme est pleine d'ombre, le péché s'y commet.
Le coupable n'est pas celui qui fait le péché, mais
celui qui fait l'ombre.

- Comme on voit, il avait une manière étrange et
à lui de juger les choses. Je soupçonne qu'il avait
pris cela dans l'Évangile.

Il entendit un jour conter dans un salon un
procès criminel qu'on instruisait et qu'on allait
juger. Un misérable homme, par amour pour une
femme et pour l'enfant qu'il avait d'elle, à bout
de ressources, avait fait de la fausse monnaie. La
fausse monnaie était encore punie de mort à cette
époque. La femme avait été arrêtée émettant la
première pièce fausse fabriquée par l'homme. On
la tenait, mais on n'avait de preuves que contre
elle. Elle seule pouvait charger son amant et le
perdre en avouant. Elle nia. On insista. Elle s'obs-
tina à nier. Sur ce, le procureur du roi avait eu
une idée. Il avait supposé une infidélité de l'amant.
et était parvenu, avec des fragments de lettres
savamment présentés, à persuader à la malheu-

reuse qu'elle avait une rivale et que cet homme la
trompait. Alors exaspérée de jalousie, elle avait
dénoncé son amant, tout avoué, tout prouvé.
L'homme était perdu. Il allait être prochainement
jugé à Aix avec sa complice. On racontait le fait
et chacun s'extasiait sur l'habileté du magistrat.
En mettant la jalousie en jeu, il avait fait jaillir la
vérité par la colère, il avait fait sortir la justice de
la vengeance. L'évêque écoutait tout cela en silence. Quand ce fut fini, il demanda :

— Où jugera-t-on cet homme et cette femme ?

— A la cour d'assises.

Il reprit : — Et où jugera-t-on monsieur le procureur du roi ?

Il arriva à D. — une aventure tragique. Un
homme fut condamné à mort pour meurtre. C'était
un malheureux pas tout à fait lettré, pas tout à
fait ignorant, qui avait été bateleur dans les foires
et écrivain public. Le procès occupa beaucoup la
ville. La veille du jour fixé pour l'exécution du
condamné, l'aumônier de la prison tomba malade.
Il fallait un prêtre pour assister le patient à ses
derniers moments. On alla chercher le curé. Il
paraît qu'il refusa en disant : Cela ne me regarde

pas. Je n'ai que faire de cette corvée et de ce saltimbanque ; moi aussi je suis malade ; d'ailleurs
ce n'est pas là ma place. On rapporta cette réponse
à l'évêque qui dit : — *Monsieur le curé a raison.
Ce n'est pas sa place, c'est la mienne.*

Il alla sur-le-champ à la prison, il descendit
au cabanon du « saltimbanque, » il l'appela par
son nom, lui prit la main et lui parla. Il passa
toute la journée auprès de lui, oubliant la nourriture et le sommeil, priant Dieu pour l'âme du
condamné et priant le. condamné pour la sienne
propre. Il lui dit les meilleures vérités qui sont les
plus simples. Il fut père, frère, ami ; évêque pour
bénir seulement. Il lui enseigna tout, en le rassu-
rant et en le consolant. Cet homme allait mourir
désespéré. La mort était pour lui comme un abîme.
Debout et frémissant sur ce seuil lugubre, il recu-
lait avec horreur. Il n'était pas assez ignorant
pour être absolument indifférent. Sa condamnation, secousse profonde, avait en quelque sorte
rompu çà et là autour de lui cette cloison qui nous
sépare du mystère des choses et que nous appelons
la vie. Il regardait sans cesse au dehors de ce
monde par ces brèches fatales, et ne voyait que

des ténèbres. L'évêque lui fit voir une clarté

Le lendemain quand on vint chercher le malheureux, l'évêque était là. Il le suivit et se montra aux yeux de la foule en camail violet et avec sa croix épiscopale au cou, côte à côte avec ce misérable lié de cordes.

Il monta sur la charrette avec lui, il monta sur l'échafaud avec lui. Le patient, si morne et si accablé la veille, était rayonnant. Il sentait que son âme était réconciliée et il espérait Dieu. L'évêque l'embrassa, et, au moment où le couteau allait tomber, il lui dit : « — Celui que l'homme tue, Dieu « le ressuscite ; celui que les frères chassent, re- « trouve le Père. Priez, croyez, entrez dans la vie ! « Le Père est là. » Quand il descendit de l'échafaud, il avait quelque chose dans son regard qui fit ranger le peuple. On ne savait ce qui était le plus admirable de sa pâleur ou de sa sérénité. En rentrant à cet humble logis qu'il appelait en souriant *son palais*, il dit à sa sœur : *Je viens d'officier pontificalement.*

Comme les choses les plus sublimes sont souvent aussi les moins comprises, il y eut dans la ville des gens qui dirent en commentant cette con-

duite de l'évêque : *c'est de l'affectation*. Ceci ne fut
du reste qu'un propos de salons. Le peuple,
qui n'entend pas malice aux actions saintes, fut
attendri et admira.

Quant à l'évêque, avoir vu la guillotine fut pour
lui un choc, et il fut longtemps à s'en remettre.

L'échafaud, en effet, quand il est là, dressé et
debout, a quelque chose qui hallucine. On peut
avoir une certaine indifférence sur la peine de mort,
ne point se prononcer, dire oui et non, tant qu'on
n'a pas vu de ses yeux une guillotine; mais si l'on
en rencontre une, la secousse est violente, il faut
se décider et prendre parti pour ou contre. Les
uns admirent, comme de Maistre ; les autres
exècrent, comme Beccaria. La guillotine est la
concrétion de la loi; elle se nomme *vindicte;* elle
n'est pas neutre, et ne vous permet pas de rester
neutre. Qui l'aperçoit frissonne du plus mystérieux
des frissons. Toutes les questions sociales dressent
autour de ce couperet leur point d'interrogation.
L'échafaud est vision. L'échafaud n'est pas une
charpente, l'échafaud n'est pas une machine,
l'échafaud n'est pas une mécanique inerte faite de
bois, de fer et de cordes. Il semble que ce soit une

sorte d'être qui a je ne sais quelle sombre initia-
tive; on dirait que cette charpente voit, que cette
machine entend, que cette mécanique comprend,
que ce bois, ce fer et ces cordes veulent. Dans la
rêverie affreuse où sa présence jette l'âme, l'échafaud apparaît terrible et se mêlant de ce qu'il fait.
L'échafaud est le complice du bourreau; il dévore;
il mange de la chair, il boit du sang. L'échafaud
est une sorte de monstre fabriqué par le juge et
par le charpentier, un spectre qui semble vivre
d'une espèce de vie épouvantable faite de toute la
mort qu'il a donnée.

Aussi l'impression fut-elle horrible et profonde;
le lendemain de l'exécution et beaucoup de jours
encore après, l'évêque parut accablé. La sérénité
presque violente du moment funèbre avait disparu;
le fantôme de la justice sociale l'obsédait. Lui qui
d'ordinaire revenait de toutes ses actions avec une
satisfaction si rayonnante, il semblait qu'il se fît
un reproche. Par moments il se parlait à lui-même,
et bégayait à demi-voix des monologues lugubres.
En voici un que sa sœur entendit un soir et re-
cueillit : — Je ne croyais pas que cela fût si monstrueux. C'est un tort de s'absorber dans la loi

divine au point de ne plus s'apercevoir de la loi humaine. La mort n'appartient qu'à Dieu. De quel droit les hommes touchent-ils à cette chose inconnue?

Avec le temps ces impressions s'atténuèrent, et probablement s'effacèrent. Cependant on remarqua que l'évêque évitait désormais de passer sur la place des exécutions.

On pouvait appeler M. Myriel à toute heure au chevet des malades et des mourants. Il n'ignorait pas que là étaient son plus grand devoir et son plus grand travail. Les familles veuves ou orphelines n'avaient pas besoin de le demander, il arrivait de lui-même. Il savait s'asseoir et se taire de longues heures auprès de l'homme qui avait perdu la femme qu'il aimait, de la mère qui avait perdu son enfant. Comme il savait le moment de se taire, il savait aussi le moment de parler. O admirable consolateur! il ne cherchait pas à effacer la douleur par l'oubli, mais à l'agrandir et à la dignifier par l'espérance. Il disait : — « Prenez garde à la façon « dont vous vous tournez vers les morts. Ne songez « pas à ce qui pourrit. Regardez fixement. Vous « apercevrez la lueur vivante de votre mort bien-

« aîné au fond du ciel. » Il savait que la croyance
est saine. Il cherchait à conseiller et à calmer
l'homme désespéré en lui indiquant du doigt
l'homme résigné, et à transformer la douleur qui
regarde une fosse en lui montrant la douleur qui
regarde une étoile.

V

QUE MONSEIGNEUR BIENVENU FAISAIT DURER
TROP LONGTEMPS SES SOUTANES

La vie intérieure de M. Myriel était pleine des
mêmes pensées que sa vie publique. Pour qui eût
pu la voir de près, c'eût été un spectacle grave et
charmant que cette pauvreté volontaire dans laquelle vivait M. l'évêque de D. —

Comme tous les vieillards et comme la plupart
des penseurs, il dormait peu. Ce court sommeil

était profond. Le matin il se recueillait pendant une heure, puis il disait sa messe, soit à la cathédrale, soit dans sa maison. Sa messe dite, il déjeunait d'un pain de seigle trempé dans le lait de ses vaches. Puis il travaillait.

Un évêque est un homme fort occupé; il faut qu'il reçoive tous les jours le secrétaire de l'évêché, qui est d'ordinaire un chanoine, presque tous les jours ses grands vicaires. Il a des congrégations à contrôler, des priviléges à donner, toute une librairie ecclésiastique à examiner, paroissiens, catéchismes diocésains, livres d'heures, etc., des mandements à écrire, des prédications à autoriser, des curés et des maires à mettre d'accord, une correspondance cléricale, une correspondance administrative, d'un côté l'État, de l'autre le saint-siége, mille affaires.

Le temps que lui laissaient ces mille affaires et ses offices et son bréviaire, il le donnait d'abord aux nécessiteux, aux malades et aux affligés; le temps que les affligés, les malades et les nécessiteux lui laissaient, il le donnait au travail. Tantôt il bêchait dans son jardin, tantôt il lisait et il écrivait. Il n'avait qu'un mot pour ces deux sortes de travail ; il appelait cela *jardiner*. « L'esprit est un jardin, » disait-il.

Vers midi, quand le temps était beau, il sortait et se promenait à pied dans la campagne ou dans la ville, entrant souvent dans les masures. On le voyait cheminer seul, tout à ses pensées, l'œil baissé, appuyé sur sa longue canne, vêtu de sa douillette violette ouatée et bien chaude, chaussé de bas violets dans de gros souliers et coiffé de son chapeau plat qui laissait passer par ses trois cornes trois glands d'or à graine d'épinards.

C'était une fête partout où il paraissait. On eût dit que son passage avait quelque chose de réchauffant et de lumineux. Les enfants et les vieillards venaient sur le seuil des portes pour l'évêque comme pour le soleil. Il bénissait et on le bénissait. On montrait sa maison à quiconque avait besoin de quelque chose.

Çà et là, il s'arrêtait, parlait aux petits garçons et aux petites filles et souriait aux mères. Il visitait les pauvres tant qu'il avait de l'argent ; quand il n'en avait plus, il visitait les riches.

Comme il faisait durer ses soutanes beaucoup

de temps, et qu'il ne voulait pas qu'on s'en aper-
çût, il ne sortait jamais dans la ville autrement
qu'avec sa douillette violette. Cela le gênait un peu
en été.

En rentrant il dînait. Le dîner ressemblait au
déjeuner.

Le soir à huit heures et demie il soupait avec
sa sœur, madame Magloire debout derrière eux
et les servant à table. Rien de plus frugal que ce
repas. Si pourtant l'évêque avait un de ses curés
à souper, madame Magloire en profitait pour servir à monseigneur quelque excellent poisson des
lacs ou quelque fin gibier de la montagne. Tout
curé était un prétexte à bon repas ; l'évêque se
laissait faire. Hors de là, son ordinaire ne se
composait guère que de légumes cuits dans l'eau et
de soupe à l'huile. Aussi disait-on dans la ville :
*quand l'évêque ne fait pas chère de curé, il fait
chère de trappiste.*

Après son souper, il causait pendant une demi-
heure avec mademoiselle Baptistine et madame
Magloire ; puis il rentrait dans sa chambre et se
remettait à écrire, tantôt sur des feuilles volantes,
tantôt sur la marge de quelque in-folio. Il était

lettré et quelque peu savant. Il a laissé cinq ou six manuscrits assez curieux ; entre autres une disser-tation sur le verset de la Genèse : *Au commence-ment l'esprit de Dieu flottait sur les eaux.* Il con-fronte avec ce verset trois textes : le verset arabe qui dit : *les vents de Dieu soufflaient ;* Flavius Josèphe qui dit : *Un vent d'en haut se précipitait sur la terre;* et enfin la paraphrase chaldaïque d'Onkelos qui porte : *Un vent venant de Dieu soufflait sur la face des eaux.* Dans une autre dis-sertation, il examine les œuvres théologiques de Hugo, évêque de Ptolémaïs, arrière-grand-oncle de celui qui écrit ce livre, et il établit qu'il faut attri-buer à cet évêque les divers opuscules publiés, au siècle dernier, sous le pseudonyme de Barleycourt.

Parfois au milieu d'une lecture, quel que fût le livre qu'il eût entre les mains, il tombait tout à coup dans une méditation profonde d'où il ne sortait que pour écrire quelques lignes sur les pages mêmes du volume. Ces lignes souvent n'ont aucun rapport avec le livre qui les contient. Nous avons sous les yeux une note écrite par lui sur une des marges d'un in-quarto intitulé : *Correspondance du lord Germain avec les géné-*

raux Clinton, Cornwalis et les amiraux de la sta-
tion de l'Amérique. A Versailles, chez Poinçot,
libraire, et à Paris, chez Pissot, libraire, quai des
Augustins.

Voici cette note :

« O vous qui êtes !

« L'Ecclésiaste vous nomme Toute-Puissance,
les Machabées vous nomment Créateur, l'Épître
aux Éphésiens vous nomme Liberté, Baruch vous
nomme Immensité, les Psaumes vous nomment
Sagesse et Vérité, Jean vous nomme Lumière,
les Rois vous nomment Seigneur, l'Exode vous
appelle Providence, le Lévitique Sainteté, Esdras
Justice, la création vous nomme Dieu, l'homme
vous nomme Père, mais Salomon vous nomme
Miséricorde, et c'est là le plus beau de tous vos
noms. »

Vers neuf heures du soir, les deux femmes se
retiraient et montaient à leurs chambres au premier, le laissant jusqu'au matin seul au rez-de-
chaussée.

Ici il est nécessaire que nous donnions une idée
exacte du logis de M. l'évêque de D. —

VI

PAR QUI IL FAISAIT GARDER SA MAISON

La maison qu'il habitait se composait, nous
l'avons dit, d'un rez-de-chaussée et d'un seul
étage : trois pièces au rez-de-chaussée, trois
chambres au premier, au-dessus un grenier.
Derrière la maison un jardin d'un quart d'arpent.
Les deux femmes occupaient le premier. L'évêque
logeait en bas. La première pièce, qui s'ouvrait

sur la rue, lui servait de salle à manger, la deuxième de chambre à coucher et la troisième d'oratoire. On ne pouvait sortir de cet oratoire sans passer par la chambre à coucher, et sortir de la chambre à coucher sans passer par la salle à manger. Dans l'oratoire, au fond, il y avait une alcôve fermée, avec un lit pour les cas d'hospitalité. M. l'évêque offrait ce lit aux curés de campagne que des affaires ou les besoins de leur paroisse amenaient à D. —

La pharmacie de l'hôpital, petit bâtiment ajouté à la maison et pris sur le jardin, avait été transformée en cuisine et en cellier.

Il y avait en outre dans le jardin une étable qui était l'ancienne cuisine de l'hospice et où l'évêque entretenait deux vaches. Quelle que fût la quantité de lait qu'elles lui donnassent, il en envoyait invariablement tous les matins la moitié aux malades de l'hôpital. *Je paye ma dîme,* disait-il.

Sa chambre était assez grande et assez difficile à chauffer dans la mauvaise saison. Comme le bois est très-cher à D. —, il avait imaginé de faire faire dans l'étable à vaches un compartiment fermé d'une cloison en planches. C'était là qu'il passait ses soi-

rées dans les grands froids. Il appelait cela son
salon d'hiver.

Il n'y avait dans ce salon d'hiver, comme dans
la salle à manger, d'autres meubles qu'une table en
bois blanc, carrée, et quatre chaises de paille. La
salle à manger était ornée en outre d'un vieux
buffet peint en rose à la détrempe. Du buffet pareil, convenablement habillé de napperons blancs
et de fausses dentelles, l'évêque avait fait l'autel
qui décorait son oratoire.

Ses pénitentes riches et les saintes femmes de
D. — s'étaient souvent cotisées pour faire les frais
d'un bel autel neuf à l'oratoire de monseigneur ; il
avait chaque fois pris l'argent et l'avait donné aux
pauvres. — Le plus beau des autels, disait-il,
c'est l'âme d'un malheureux consolé qui remercie
Dieu.

Il avait dans son oratoire deux chaises prie-Dieu
en paille, et un fauteuil à bras également en paille
dans sa chambre à coucher. Quand par hasard il
recevait sept ou huit personnes à la fois, le préfet,
ou le général, ou l'état-major du régiment en gar-
nison, ou quelques élèves du petit séminaire, on
était obligé d'aller chercher dans l'étable les chaises

du salon d'hiver, dans l'oratoire les prie-Dieu et le fauteuil dans la chambre à coucher ; de cette façon on pouvait réunir jusqu'à onze siéges pour les visiteurs. A chaque nouvelle visite on démeublait une pièce.

Il arrivait parfois qu'on était douze ; alors l'évêque dissimulait l'embarras de la situation en se tenant debout devant la cheminée si c'était l'hiver, ou en se promenant dans le jardin si c'était l'été.

Il y avait encore dans l'alcôve fermée une chaise, mais elle était à demi dépaillée et ne portait que sur trois pieds, ce qui faisait qu'elle ne pouvait servir qu'appuyée contre le mur. Mademoiselle Baptistine avait bien aussi dans sa chambre une très-grande bergère en bois jadis doré et revêtue de pékin à fleurs, mais on avait été obligé de monter cette bergère au premier par la fenêtre, l'escalier étant trop étroit ; elle ne pouvait donc pas compter parmi les en-cas du mobilier.

L'ambition de mademoiselle Baptistine eût été de pouvoir acheter un meuble de salon en velours d'Utrecht jaune à rosaces et en acajou à cou de cygne, avec canapé. Mais cela eût coûté au moins cinq cents francs, et, ayant vu qu'elle n'avait réussi à économiser pour cet objet que quarante-deux francs dix sous en cinq ans, elle avait fini par y renoncer. D'ailleurs qui est-ce qui atteint son idéal?

Rien de plus simple à se figurer que la chambre à coucher de l'évêque. Une porte-fenêtre donnant sur le jardin; vis-à-vis, le lit, un lit d'hôpital en fer avec baldaquin de serge verte; dans l'ombre du lit, derrière un rideau, les ustensiles de toilette trahissant encore les anciennes habitudes élégantes de l'homme du monde; deux portes, l'une près de la cheminée, donnant dans l'oratoire; l'autre près de la bibliothèque, donnant dans la salle à manger. La bibliothèque, grande armoire vitrée pleine de livres; la cheminée, de bois peint en marbre, habituellement sans feu; dans la cheminée, une paire de chenets en fer ornés de deux vases à guirlandes et cannelures jadis argentés à l'argent haché, ce qui était un genre de luxe épiscopal; au-dessus de la cheminée, un crucifix de cuivre désargenté fixé sur un velours noir râpé dans un cadre de bois dédoré; près de la porte-fenêtre, une grande table avec un encrier, chargée de papiers confus et de gros volumes. Devant la table, le fauteuil de paille. Devant le lit, un prie-Dieu, emprunté à l'oratoire.

Deux portraits dans des cadres ovales étaient accrochés au mur des deux côtés du lit. De petites inscriptions dorées sur le fond neutre de la toile à côté des figures indiquaient que les portraits représentaient, l'un, l'abbé de Chaliot, évêque de Saint-Claude, l'autre, l'abbé Tourteau, vicaire général d'Agde, abbé de Grand-Champs, ordre de Cîteaux, diocèse de Chartres. L'évêque, en succédant dans cette chambre aux malades de l'hôpital, y avait trouvé ces portraits et les y avait laissés. C'étaient des prêtres, probablement des donateurs, deux motifs pour qu'il les respectât. Tout ce qu'il savait de ces deux personnages, c'est qu'ils avaient été nommés par le roi, l'un à son évêché, l'autre à son bénéfice, le même jour, le 27 avril 1785. Madame Magloire ayant décroché les tableaux pour en secouer la poussière, l'évêque avait trouvé cette particularité écrite d'une encre blanchâtre sur un petit carré de papier, jauni par le temps, collé avec quatre pains à cacheter, derrière le portrait de l'abbé de Grand-Champs.

Il avait à sa fenêtre un antique rideau de grosse étoffe de laine qui finit par devenir tellement vieux que, pour éviter la dépense d'un neuf, madame Magloire fut obligée de faire une grande couture au beau milieu. Cette couture dessinait une croix. L'évêque la faisait souvent remarquer. — Comme cela fait bien ! disait-il.

Toutes les chambres de la maison, au rez-de-chaussée ainsi qu'au premier, sans exception, étaient blanchies au lait de chaux, ce qui est une mode de caserne et d'hôpital.

Cependant, dans les dernières années, madame Magloire retrouva, comme on le verra plus loin, sous le papier badigeonné, des peintures qui ornaient l'appartement de mademoiselle Baptistine. Avant d'être l'hôpital, cette maison avait été le parloir aux bourgeois. De là cette décoration. Les chambres étaient pavées en briques rouges qu'on lavait toutes les semaines, avec des nattes de paille devant tous les lits. Du reste ce logis, tenu par deux femmes, était du haut en bas d'une propreté exquise. C'était le seul luxe que l'évêque permît. Il disait : — *Cela ne prend rien aux pauvres.*

Il faut convenir cependant qu'il lui restait de ce

qu'il avait possédé jadis six couverts d'argent et
une cuillère à soupe que madame Magloire regardait tous les jours avec bonheur reluire splendidement sur la grosse nappe de toile blanche. Et
comme nous peignons ici l'évêque de D. — tel
qu'il était, nous devons ajouter qu'il lui était arrivé plus d'une fois de dire : — Je renoncerais difficilement à manger dans de l'argenterie.

Il faut ajouter à cette argenterie deux gros
flambeaux d'argent massif qui lui venaient de
l'héritage d'une grand'tante. Ces flambeaux portaient deux bougies de cire et figuraient habituellement sur la cheminée de l'évêque. Quand il avait
quelqu'un à dîner, madame Magloire allumait les
deux bougies et mettait les deux flambeaux sur la
table.

Il y avait dans la chambre même de l'évêque, à
la tête de son lit, un petit placard dans lequel
madame Magloire serrait chaque soir les six couverts d'argent et la grande cuillère. Il faut dire
qu'on n'en ôtait jamais la clef.

Le jardin, un peu gâté par les constructions
assez laides dont nous avons parlé, se composait
de quatre allées en croix rayonnant autour d'un

puisard ; une autre allée faisait tout le tour du jardin et cheminait le long du mur blanc dont il était enclos. Ces allées laissaient entre elles quatre carrés bordés de buis. Dans trois, madame Magloire cultivait des légumes ; dans le quatrième, l'évêque avait mis des fleurs ; il y avait çà et là quelques arbres fruitiers. Une fois madame Magloire lui avait dit avec une sorte de malice douce : — Monseigneur, vous qui tirez parti de tout, voilà pourtant un carré inutile. Il vaudrait mieux avoir là des salades que des bouquets. — Madame Magloire, répondit l'évêque, vous vous trompez. Le beau est aussi utile que l'utile. — Il ajouta après un silence : Plus peut-être.

Ce carré, composé de trois ou quatre plates-bandes, occupait M. l'évêque presque autant que ses livres. Il y passait volontiers une heure ou deux, coupant, sarclant et piquant çà et là des trous en terre où il mettait des graines. Il n'était pas aussi hostile aux insectes qu'un jardinier l'eût voulu. Du reste aucune prétention à la botanique ; il ignorait les groupes et le solidisme ; il ne cherchait pas le moins du monde à décider entre Tournefort et la méthode naturelle ; il ne prenait parti

ni pour les utricules contre les cotylédons, ni pour
Jussieu contre Linné. Il n'étudiait pas les plantes,
il aimait les fleurs. Il respectait beaucoup les savants, il respectait encore plus les ignorants, et,
sans jamais manquer à ces deux respects, il arro-
sait ses plates-bandes chaque soir d'été avec un
arrosoir de fer-blanc peint en vert.

La maison n'avait pas une porte qui fermât à
clef. La porte de la salle à manger qui, nous
l'avons dit, donnait de plain-pied sur la place de
la cathédrale, était jadis ornée de serrures et de
verrous comme une porte de prison. L'évêque avait
fait ôter toutes ces ferrures, et cette porte, la nuit
comme le jour, n'était fermée qu'au loquet. Le
premier passant venu, à quelque heure que ce fût,
n'avait qu'à la pousser. Dans les commencements,
les deux femmes avaient été fort tourmentées de
cette porte jamais close; mais M. de D.— leur
avait dit : Faites mettre des verrous à vos chambres, si cela vous plaît. Elles avaient fini par partager sa confiance ou du moins par faire comme si
elles la partageaient. Madame Magloire seule avait
de temps en temps des frayeurs. Pour ce qui est de
l'évêque, on peut trouver sa pensée expliquée ou

du moins indiquée dans ces trois lignes écrites par
lui sur la marge d'une Bible : « Voici la nuance :
« la porte du médecin ne doit jamais être fermée,
« la porte du prêtre doit toujours être ouverte. »

Sur un autre livre, intitulé *Philosophie de la
science médicale*, il avait écrit cette autre note :
« Est-ce que je ne suis pas médecin comme eux?
« moi aussi j'ai mes malades; d'abord j'ai les
« leurs, qu'ils appellent les malades; et puis j'ai
« les miens, que j'appelle les malheureux. »

Ailleurs encore il avait écrit : « Ne demandez
« pas son nom à qui vous demande un gîte. C'est
« surtout celui-là que son nom embarrasse, qui a
« besoin d'asile. »

Il advint qu'un digne curé, je ne sais plus si
c'était le curé de Couloubroux ou le curé de Pom-
pierry, s'avisa de lui demander un jour, probablement à l'instigation de madame Magloire, si
monseigneur était bien sûr de ne pas commettre
jusqu'à un certain point une imprudence en laissant jour et nuit sa porte ouverte à la disposition
de qui voulait entrer, et s'il ne craignait pas enfin
qu'il n'arrivât quelque malheur dans une maison
si peu gardée. L'évêque lui toucha l'épaule avec

une gravité douce et lui dit : *Nisi Dominus custo-
dierit domum, in vanum vigilant qui custodiunt
eam.*

Puis il parla d'autre chose.

Il disait assez volontiers : « Il y a la bravoure
« du prêtre comme il y a la bravoure du colonel
« de dragons. » Seulement, ajoutait-il, la nôtre
doit être tranquille.

VII

CRAVATTE

Ici se place naturellement un fait que nous ne devons pas omettre, car il est de ceux qui font le mieux voir quel homme c'était que M. l'évêque de D. —

Après la destruction de la bande de Gaspard Bès qui avait infesté les gorges d'Ollioules, un de ses lieutenants, Cravatte, se réfugia dans la montagne. Il se cacha quelque temps avec ses bandits, reste de la troupe de Gaspard Bès, dans le comté de Nice, puis gagna le Piémont, et tout à coup reparut en France du côté de Barcelonnette. On le vit à Jauziers d'abord, puis aux Tuiles. Il se cacha dans les cavernes du Joug-de-l'Aigle, et de là il descendait vers les hameaux et les villages par les ravins de l'Ubaye et de l'Ubayette.

Il poussa même jusqu'à Embrun, pénétra une nuit dans la cathédrale et dévalisa la sacristie. Ses brigandages désolaient le pays. On mit la gendarmerie à ses trousses, mais en vain. Il échappait toujours; quelquefois il résistait de vive force. C'était un hardi misérable. Au milieu de toute cette terreur, l'évêque arriva. Il faisait sa tournée au Chastelar. Le maire vint le trouver, et l'engagea à rebrousser chemin. Cravatte tenait la montagne jusqu'à l'Arche, et au delà; il y avait danger, même avec une escorte. C'était exposer inutilement trois ou quatre malheureux gendarmes.

— Aussi, dit l'évêque, je compte aller sans escorte.

— Y pensez-vous, monseigneur ? s'écria le maire.

— J'y pense tellement que je refuse absolument les gendarmes et que je vais partir dans une heure.

· Partir ?

Partir.

— Seul ?

— Seul.

— Monseigneur ! vous ne ferez pas cela.

— Il y a là dans la montagne, reprit l'évêque, une humble petite commune grande comme ça que je n'ai pas vue depuis trois ans. Ce sont mes bons amis. De doux et honnêtes bergers. Ils possèdent une chèvre sur trente qu'ils gardent. Ils font de fort jolis cordons de laine de diverses couleurs, et ils jouent des airs de montagne sur de petites flûtes à six trous. Ils ont besoin qu'on leur parle de temps en temps du bon Dieu. Que diraient-ils d'un évêque qui a peur ? Que diraient-ils si je n'y allais pas ?

— Mais, monseigneur, les brigands ?

Tiens, dit l'évêque, j'y songe. Vous avez raison. Je puis les rencontrer. Eux aussi doivent avoir besoin qu'on leur parle du bon Dieu.

— Monseigneur, mais c'est une bande! un troupeau de loups!

- Monsieur le maire, c'est peut-être précisément de ce troupeau que Jésus me fait le pasteur.
Qui sait les voies de la Providence?

— Monseigneur, ils vous dévaliseront.

Je n'ai rien.

Ils vous tueront.

— Un vieux bonhomme de prêtre qui passe en
marmottant ses momeries? Bah! à quoi bon?

— Oh! mon Dieu! Si vous alliez les rencontrer!

— Je leur demanderai l'aumône pour mes
pauvres.

— Monseigneur, n'y allez pas. Au nom du ciel!
vous exposez votre vie.

— Monsieur le maire, dit l'évêque, n'est-ce
décidément que cela? Je ne suis pas au monde
pour garder ma vie, mais pour garder les âmes.

Il fallut le laisser faire. Il partit accompagné,
seulement d'un enfant, qui s'offrit à lui servir de
guide. Son obstination fit bruit dans le pays, et
effraya fort.

Il ne voulut emmener ni sa sœur, ni madame

Magloire. Il traversa la montagne à mulet, ne rencontra personne et arriva sain et sauf chez ses « bons amis » les bergers. Il y resta quinze jours, prêchant, administrant, enseignant, moralisant. Lorsqu'il fut près de son départ, il résolut de chanter pontificalement un Te Deum. Il en parla au curé. Mais comment faire? pas d'ornements épiscopaux. On ne pouvait mettre à sa disposition qu'une chétive sacristie de village avec quelques vieilles chasubles de damas usées et ornées de galons faux.

— Bah! dit l'évêque. Monsieur le curé, annonçons toujours au prône notre Te Deum. Cela s'arrangera.

On chercha dans les églises d'alentour. Toutes les magnificences de ces humbles paroisses réunies n'auraient pas suffi à vêtir convenablement un chantre de cathédrale.

Comme on était dans cet embarras, une grande caisse fut apportée et déposée au presbytère pour M. l'évêque par deux cavaliers inconnus qui repartirent sur-le-champ. On ouvrit la caisse; elle contenait une chape de drap d'or, une mitre ornée de diamants, une croix archiépiscopale, une

crosse magnifique, tous les vêtements pontificaux
volés un mois auparavant au trésor de Notre-
Dame d'Embrun. Dans la caisse il y avait un papier sur lequel étaient écrits ces mots : *Cravatte à
monseigneur Bienvenu.*

— Quand je disais que cela s'arrangerait ! dit
l'évêque. Puis il ajouta en souriant : A qui se con-
tente d'un surplis de curé, Dieu envoie une chape
d'archevêque.

— Monseigneur, murmura le curé en hochant la
tête avec un sourire, Dieu — ou le diable.

L'évêque regarda fixement le curé et reprit avec
autorité : — Dieu !

Quand il revint au Chastelar, et tout le long de
la route, on venait le regarder par curiosité. Il retrouva au presbytère du Chastelar mademoiselle
Baptistine et madame Magloire qui l'attendaient,
et il dit à sa sœur : — Eh bien ! avais-je raison ?
le pauvre prêtre est allé chez ces pauvres montagnards les mains vides, il en revient les mains
pleines. J'étais parti n'emportant que ma confiance en Dieu ; je rapporte le trésor d'une cathédrale.

Le soir avant de se coucher il dit encore : — Ne

craignons jamais les voleurs ni les meurtriers.
Ce sont là les dangers du dehors, les petits dangers. Craignons-nous nous-mêmes. Les préjugés, voilà les voleurs ; les vices, voilà les meurtriers. Les grands dangers sont au dedans de
nous. Qu'importe ce qui menace notre tête ou
notre bourse ? Ne songeons qu'à ce qui menace
notre âme.

Puis se tournant vers sa sœur : — Ma sœur, de
la part du prêtre jamais de précaution contre le
prochain. Ce que le prochain fait, Dieu le permet.
Bornons-nous à prier Dieu quand nous croyons
qu'un danger arrive sur nous. Prions-le, non pour
nous, mais pour que notre frère ne tombe pas en
faute à notre occasion.

Du reste les événements étaient rares dans
son existence. Nous racontons ceux que nous savons ; mais d'ordinaire il passait sa vie à faire
toujours les mêmes choses aux mêmes moments.
Un mois de son année ressemblait à une heure de
sa journée.

Quant à ce que devint « le trésor » de la cathédrale d'Embrun, on nous embarrasserait de nous
interroger là-dessus. C'étaient là de bien belles

choses, et bien tentantes, et bien bonnes à voler
au profit des malheureux. Volées, elles l'étaient
déjà d'ailleurs. La moitié de l'aventure était accom-
plie ; il ne restait plus qu'à changer la direction du
vol, et qu'à lui faire faire un petit bout de chemin
du côté des pauvres. Nous n'affirmons rien du
reste à ce sujet. Seulement, on a trouvé dans les
papiers de l'évêque une note assez obscure qui
se rapporte peut-être à cette affaire et qui est ainsi
conçue : *La question est de savoir si cela doit faire
retour à la cathédrale ou à l'hôpital.*

VIII

PHILOSOPHIE APRES BOIRE

Le sénateur dont il a été parlé plus haut était
un homme entendu, qui avait fait son chemin avec
une rectitude inattentive à toutes ces rencontres qui
font obstacle et qu'on nomme conscience, foi jurée,
justice, devoir; il avait marché droit à son but et
sans broncher une seule fois dans la ligne de son
avancement et de son intérêt. C'était un ancien procureur, attendri par le succès, pas méchant homme

du tout, rendant tous les petits services qu'il pouvait à ses fils, à ses gendres, à ses parents, même à des amis ; ayant sagement pris de la vie les bons côtés, les bonnes occasions, les bonnes aubaines. Le reste lui semblait assez bête. Il était spirituel, et juste assez lettré pour se croire un disciple d'Épicure en n'étant peut-être qu'un produit de Pigault-Lebrun. Il riait volontiers, et agréablement, des choses infinies et éternelles, et des « bille- « vesées du bonhomme évêque. » Il en riait quelquefois, avec une aimable autorité, devant M. Myriel lui-même, qui écoutait.

A je ne sais plus quelle cérémonie demi-officielle, le comte *** (ce sénateur) et M. Myriel durent dîner chez le préfet. Au dessert, le sénateur, un peu égayé, quoique toujours digne, s'écria :

— Parbleu, monsieur l'évêque, causons. Un sénateur et un évêque se regardent difficilement sans cligner de l'œil. Nous sommes deux augures. Je vais vous faire un aveu. J'ai ma philosophie.

— Et vous avez raison, répondit l'évêque. Comme on fait sa philosophie, on se couche. Vous êtes sur le lit de pourpre, monsieur le sénateur.

Le sénateur, encouragé, reprit :

Soyons bons enfants.

— Bons diables même, dit l'évêque.

— Je vous déclare, répartit le sénateur, que le marquis d'Argens, Pyrrhon, Hobbes et M. Naigeon ne sont pas des maroufles. J'ai dans ma bibliothèque tous mes philosophes dorés sur tranche.

— Comme vous-même, monsieur le comte, interrompit l'évêque.

Le sénateur poursuivit :

— Je hais Diderot ; c'est un idéologue, un déclamateur et un révolutionnaire. au fond croyant en Dieu, et plus bigot que Voltaire. Voltaire s'est moqué de Needham, et il a eu tort ; car les anguilles de Needham prouvent que Dieu est inutile. Une goutte de vinaigre dans une cuillerée de pâte de farine supplée le *fiat lux*. Supposez la goutte plus grosse et la cuillerée plus grande, vous avez le monde. L'homme, c'est l'anguille. Alors à quoi bon le Père éternel ? Monsieur l'évêque, l'hypothèse Jéhovah me fatigue. Elle n'est bonne qu'à produire des gens maigres qui songent creux. A bas ce grand Tout qui me tracasse ! Vive Zéro qui me laisse tranquille ! De vous à moi, et pour vider mon sac, et pour me confesser à mon pasteur,

comme il convient, je vous avoue que j'ai du bon
sens. Je ne suis pas fou de votre Jésus qui prêche
à tout bout de champ le renoncement et le sacrifice. Conseil d'avare à des gueux. Renoncement :
pourquoi? Sacrifice : à quoi? je ne vois pas qu'un
loup s'immole au bonheur d'un autre loup. Restons
donc dans la nature. Nous sommes au sommet;
ayons la philosophie supérieure. Que sert d'être
en haut, si l'on ne voit pas plus loin que le bout
du nez des autres? Vivons gaîment. La vie, c'est
tout. Que l'homme ait un autre avenir, ailleurs, là-
haut, là-bas, quelque part, je n'en crois pas un
traître mot. Ah! l'on me recommande le sacrifice et
le renoncement, je dois prendre garde à tout ce que
je fais, il faut que je me casse la tête sur le bien et
le mal, sur le juste et l'injuste, sur le *fas* et le
nefas. Pourquoi? parce que j'aurai à rendre compte
de mes actions. Quand? Après ma mort. Quel bon
rêve! Après ma mort, bien fin qui me pincera.
Faites donc saisir une poignée de cendre par une
main d'ombre. Disons le vrai, nous qui sommes
des initiés et qui avons levé la jupe d'Isis : il n'y a
ni bien ni mal; il y a de la végétation. Cherchons le
réel. Creusons tout à fait. Allons au fond, que

diable ! il faut flairer la vérité, fouiller sous terre,
et la saisir. Alors elle vous donne des joies exquises.
Alors vous devenez fort, et vous riez. Je suis carré
par la base, moi. Monsieur l'évêque, l'immortalité
de l'homme est un écoute-s'il-pleut. Oh ! la charmante promesse ! fiez-vous-y. Le bon billet qu'a
Adam ! on est âme, on sera ange, on aura des ailes
bleues aux omoplates. Aidez-moi donc : n'est-ce
pas Tertullien qui dit que les bienheureux iront
d'un astre à l'autre? Soit. On sera les sauterelles
des étoiles. Et puis, on verra Dieu. Ta ta ta. Fa-
daises que tous ces paradis. Dieu est une sornette
monstre. Je ne dirais point cela dans le *Moniteur,*
parbleu, mais je le chuchote entre amis. *Inter po-
cula.* Sacrifier la terre au paradis, c'est lâcher la
proie pour l'ombre. Être dupe de l'infini! pas si
bête. Je suis néant. Je m'appelle monsieur le comte
Néant, sénateur. Étais-je avant ma naissance?
Non. Serai-je après ma mort? Non. Que suis-je?
un peu de poussière agrégée par un organisme.
Qu'ai-je à faire sur cette terre? j'ai le choix. Souffrir ou jouir. Où me mènera la souffrance? au
néant. Mais j'aurai souffert. Où me mènera la
jouissance? au néant. Mais j'aurai joui. Mon choix

est fait. Il faut être mangeant ou mangé. Je mange.
Mieux vaut être la dent que l'herbe. Telle est ma
sagesse. Après quoi, va comme je te pousse, le
fossoyeur est là, le Panthéon pour nous autres,
tout tombe dans le grand trou. Fin. *Finis.* Liqui-
dation totale. Ceci est l'endroit de l'évanouisse-
ment. La mort est morte, croyez-moi. Qu'il y ait
là quelqu'un qui ait quelque chose à me dire, je ris
d'y songer. Invention de nourrices. Croquemitaine
pour les enfants, Jéhovah pour les hommes. Non,
notre lendemain est de la nuit. Derrière la tombe,
il n'y a plus que des néants égaux. Vous avez été
Sardanapale, vous avez été Vincent de Paul, cela fait
le même rien. Voilà le vrai. Donc vivez, par-dessus tout. Usez de votre moi pendant que vous le
tenez. En vérité, je vous le dis, monsieur l'évêque,
j'ai ma philosophie, et j'ai mes philosophes. Je ne
me laisse pas enguirlander par des balivernes.
Après ça, il faut bien quelque chose à ceux qui
sont en bas, aux va-nu-pieds, aux gagne-petit,
aux misérables. On leur donne à gober les légendes,
les chimères, l'âme, l'immortalité, le paradis, les
étoiles. Ils mâchent cela. Ils le mettent sur leur
pain sec. Qui n'a rien a le bon Dieu. C'est bien le

moins. Je n'y fais point obstacle, mais je garde
pour moi monsieur Naigeon. Le bon Dieu est bon
pour le peuple.

L'évêque battit des mains.

— Voilà parler! s'écria-t-il. L'excellente chose,
et vraiment merveilleuse, que ce matérialisme-là!
ne l'a pas qui veut. Ah! quand on l'a, on n'est
plus dupe; on ne se laisse pas bêtement exiler
comme Caton, ni lapider comme Étienne, ni brûler
vif comme Jeanne d'Arc. Ceux qui ont réussi à se
procurer ce matérialisme admirable ont la joie de
se sentir irresponsables, et de penser qu'ils peuvent
dévorer tout, sans inquiétude, les places, les siné-
cures, les dignités, le pouvoir bien ou mal acquis,
les palinodies lucratives, les trahisons utiles, les
savoureuses capitulations de conscience, et qu'ils
entreront dans la tombe, leur digestion faite.
Comme c'est agréable! je ne dis pas cela pour
vous, monsieur le sénateur. Cependant il m'est
impossible de ne point vous féliciter. Vous autres
grands seigneurs, vous avez, vous le dites, une
philosophie à vous et pour vous, exquise, raffinée,
accessible aux riches seuls, bonne à toutes les sau-
ces, assaisonnant admirablement les voluptés de la

vie. Cette philosophie est prise dans les profondeurs et déterrée par des chercheurs spéciaux.
Mais vous êtes bons princes, et vous ne trouvez pas
mauvais que la croyance au bon Dieu soit la philosophie du peuple, à peu près comme l'oie aux mar-
rons est la dinde aux truffes du pauvre.

IX

LE FRERE RACONTE PAR LA SOEUR

Pour donner une idée du ménage intérieur de
M. l'évêque de D. — et de la façon dont ces deux
saintes filles subordonnaient leurs actions, leurs
pensées, même leurs instincts de femmes aisément
effrayées, aux habitudes et aux intentions de l'évêque, sans qu'il eût même à prendre la peine de
parler pour les exprimer, nous ne pouvons mieux
faire que de transcrire ici une lettre de mademoi-

selle Baptistine à madame la vicomtesse de Boischevron, son amie d'enfance. Cette lettre est entre
nos mains.

D. — 16 décembre 18..

« Ma bonne madame, pas un jour ne se passe
où nous ne parlions de vous. C'est assez notre habitude, mais il y a une raison de plus. Figurez-
vous qu'en lavant et époussetant les plafonds et
les murs, madame Magloire a fait des découvertes ;
maintenant nos deux chambres tapissées de vieux
papier blanchi à la chaux ne dépareraient pas un
château dans le genre du vôtre. Madame Magloire
a déchiré tout le papier. Il y avait des choses dessous. Mon salon, où il n'y a pas de meubles et
dont nous nous servons pour étendre le linge après
les lessives, a quinze pieds de haut, dix-huit de
large carrés, un plafond peint anciennement avec
dorure, des solives comme chez vous. C'était re-
couvert d'une toile du temps que c'était l'hôpital.
Enfin des boiseries du temps de nos grand'mères.
Mais c'est ma chambre qu'il faut voir. Madame
Magloire a découvert, sous au moins dix papiers
collés dessus, des peintures, sans être bonnes, qui

peuvent se supporter. C'est Télémaque reçu chevalier par Minerve, c'est lui encore dans les jardins,
le nom m'échappe. Enfin où les dames romaines
se rendaient une seule nuit. Que vous dirai-je? j'ai
des romains, des romaines (*ici un mot illisible*),
et toute la suite. Madame Magloire a débarbouillé
tout cela, cet été elle va réparer quelques petites
avaries, revernir le tout et ma chambre sera un vrai
musée. Elle a aussi trouvé dans un coin du grenier
deux consoles en bois genre ancien. On demandait
deux écus de six livres pour les redorer, mais il
vaut bien mieux donner cela aux pauvres; d'ailleurs c'est fort laid et j'aimerais mieux une table
ronde en acajou.

« Je suis toujours bien heureuse. Mon frère est
si bon. Il donne tout ce qu'il a aux indigents et
aux malades. Nous sommes très-gênés. Le pays
est dur l'hiver, et il faut bien faire quelque chose
pour ceux qui manquent. Nous, nous sommes à
peu près chauffés et éclairés. Vous voyez que ce
sont de grandes douceurs.

« Mon frère a ses habitudes à lui. Quand il
cause, il dit qu'un évêque doit être ainsi. Figurez-
vous que la porte de la maison n'est jamais fer-

mée. Entre qui veut, et l'on est tout de suite chez
mon frère. Il ne craint rien, même la nuit. C'est
sa bravoure à lui, comme il dit.

« Il ne veut pas que je craigne pour lui, ni que
madame Magloire craigne. Il s'expose à tous les
dangers, et il ne veut même pas que nous ayons
l'air de nous en apercevoir. Il faut savoir le comprendre.

« Il sort par la pluie, il marche dans l'eau, il
voyage en hiver. Il n'a pas peur de la nuit, des
routes suspectes, ni des rencontres.

« L'an dernier il est allé tout seul dans un pays
de voleurs. Il n'a pas voulu nous emmener. Il est
resté quinze jours absent. A son retour il n'avait
rien eu, on le croyait mort, et il se portait bien, et
il a dit : Voilà comme on m'a volé ! Et il a ouvert une malle pleine de tous les bijoux de la
cathédrale d'Embrun que les voleurs lui avaient
donnés.

« Cette fois-là, en revenant, je n'ai pu m'empêcher de le gronder un peu, en ayant soin de ne
parler que pendant que la voiture faisait du bruit,
afin que personne ne pût entendre.

« Dans les premiers temps je me disais : il n'y

a pas de dangers qui l'arrêtent, il est terrible. A présent j'ai fini par m'y accoutumer. Je fais signe à madame Magloire pour qu'elle ne le contrarie pas. Il se risque comme il veut. Moi j'emmène madame Magloire, je rentre dans ma chambre, je prie pour lui, et je m'endors. Je suis tranquille, parce que je sais bien que, s'il lui arrivait malheur, ce serait ma fin. Je m'en irais au bon Dieu avec mon frère et mon évêque. Madame Magloire a eu plus de peine que moi à s'habituer à ce qu'elle appelait ses imprudences. Mais à présent le pli est pris. Nous prions toutes les deux, nous avons peur ensemble et nous nous endormons. Le diable entrerait dans la maison qu'on le laisserait faire. Après tout, que craignons-nous dans cette maison? Il y a toujours quelqu'un avec nous qui est le plus fort. Le diable peut y passer, mais le bon Dieu l'habite.

« Voilà qui me suffit. Mon frère n'a plus même besoin de me dire un mot maintenant. Je le comprends sans qu'il parle, et nous nous abandonnons à la Providence.

« Voilà comme il faut être avec un homme qui a du grand dans l'esprit.

« J'ai questionné mon frère pour le renseigne-
ment que vous me demandez sur la famille de
Faux. Vous savez comme il sait tout et comme il
a des souvenirs, car il est toujours très-bon royaliste. C'est de vrai une très-ancienne famille nor-
mande de la généralité de Caen. Il y a cinq cents
ans d'un Raoul de Faux, d'un Jean de Faux et d'un
Thomas de Faux, qui étaient des gentilshommes,
dont un seigneur de Rochefort. Le dernier était
Guy Étienne Alexandre et était mestre de camp,
et quelque chose dans les chevau-légers de Bre-
tagne. Sa fille Marie-Louise a épousé Adrien
Charles de Gramont, fils du duc Louis de Gramont, pair de France, et colonel des gardes-fran-
çaises et lieutenant général des armées. On écrit
Faux, Fauq et Faouq.

« Bonne madame, recommandez-nous aux
prières de votre saint parent monsieur le cardinal.
Quant à votre chère Sylvanie, elle a bien fait de
ne pas perdre les courts instants qu'elle passe
près de vous pour m'écrire. Elle se porte bien,
travaille selon vos désirs, m'aime toujours. C'est
tout ce que je veux. Son souvenir par vous m'est
arrivé, je m'en trouve heureuse. Ma santé n'est

pas trop mauvaise, et cependant je maigris tous les jours davantage. Adieu, le papier me manque et me force à vous quitter. Mille bonnes choses.

« BAPTISTINE.

« *P. S.* Votre petit neveu est charmant. Savez-vous qu'il a cinq ans bientôt? Hier il a vu passer un cheval auquel on avait mis des genouillères, et il disait : qu'est-ce qu'il a donc aux genoux ? — Il est si gentil cet enfant. Son petit frère traîne un vieux balai dans l'appartement comme une voiture et dit : hu! »

Comme on le voit par cette lettre, ces deux femmes savaient se plier aux façons d'être de l'évêque avec ce génie particulier de la femme qui comprend l'homme mieux que l'homme ne se comprend. L'évêque de **D.**—, sous cet air doux et candide qui ne se démentait jamais, faisait parfois des choses grandes, hardies et magnifiques, sans paraître même s'en douter. Elles tremblaient, mais elles le laissaient faire. Quelquefois madame Magloire essayait une remontrance avant; jamais pendant ni après. Jamais on ne le troublait, ne fût-ce que par un mot, ne fût-ce que par un signe, dans

une action commencée. A de certains moments,
sans qu'il eût besoin de le dire, lorsqu'il n'en
avait peut-être pas lui-même conscience, tant sa
simplicité était parfaite, elles sentaient vaguement
qu'il agissait comme évêque ; alors elles n'étaient
plus que deux ombres dans la maison. Elles le
servaient passivement, et, si c'était obéir que de
disparaître, elles disparaissaient. Elles savaient,
avec une admirable délicatesse d'instinct, que de
certaines sollicitudes peuvent gêner. Aussi, même
le croyant en péril, elles comprenaient, je ne dis
pas sa pensée, mais sa nature, jusqu'au point de
ne plus veiller sur lui. Elles le confiaient à Dieu.

D'ailleurs Baptistine disait, comme on vient de
le lire, que la fin de son frère serait la sienne.
Madame Magloire ne le disait pas, mais elle le
savait.

X

L'EVÊQUE EN PRÉSENCE D'UNE LUMIERE INCONNUE

A une époque un peu postérieure à la date de la lettre citée dans les pages précédentes, il fit une chose, à en croire toute la ville, plus risquée encore que sa promenade à travers les montagnes des bandits.

Il y avait près de D. — dans la campagne un homme qui vivait solitaire. Cet homme, disons tout

de suite le gros mot, était un ancien conventionnel.
Il se nommait G.

On parlait du conventionnel G. dans le petit
monde de D. — avec une sorte d'horreur. Un conventionnel, vous figurez-vous cela? Cela existait
du temps qu'on se tutoyait et qu'on disait : citoyen.
Cet homme était à peu près un monstre. Il n'avait
pas voté la mort du roi, mais presque. C'était un
quasi régicide. Il avait été terrible. Comment, au
retour des princes légitimes, n'avait-on pas traduit
cet homme-là devant une cour prévôtale? On ne
lui eût pas coupé la tête, si vous voulez; il faut
de la clémence, soit; mais un bon bannissement
à vie. Un exemple enfin! etc., etc. C'était un athée
d'ailleurs, comme tous ces gens-là. Commérages
des oies sur le vautour.

Était-ce du reste un vautour que G.? Oui, si
l'on en jugeait par ce qu'il y avait de farouche
dans sa solitude. N'ayant pas voté la mort du roi,
il n'avait pas été compris dans les décrets d'exil,
et avait pu rester en France.

Il habitait, à trois quarts d'heure de la ville,
loin de tout hameau, loin de tout chemin, on ne
sait quel repli perdu d'un vallon très-sauvage. Il

avait là, disait-on, une espèce de champ, un trou, un repaire. Pas de voisins; pas même de passants. Depuis qu'il demeurait dans ce vallon, le sentier qui y conduisait avait disparu sous l'herbe. On parlait de cet endroit-là comme de la maison du bourreau.

Pourtant l'évêque songeait, et de temps en temps regardait l'horizon à l'endroit où un bouquet d'arbres marquait le vallon du vieux conventionnel, et il disait : Il y a là une âme qui est seule.

Et, au fond de sa pensée, il ajoutait : Je lui dois ma visite.

Mais, avouons-le, cette idée, au premier abord naturelle, lui apparaissait, après un moment de réflexion, comme étrange et impossible, et presque repoussante. Car, au fond, il partageait l'impression générale, et le conventionnel lui inspirait, sans qu'il s'en rendît clairement compte, ce sentiment qui est comme la frontière de la haine et qu'exprime si bien le mot éloignement.

Toutefois, la gale de la brebis doit-elle faire reculer le pasteur? non. Mais quelle brebis !

Le bon évêque était perplexe. Quelquefois il allait de ce côté-là, puis il revenait.

Un jour enfin le bruit se répandit dans la ville qu'une façon de jeune pâtre qui servait le conventionnel G. dans sa bauge était venu chercher un médecin; que le vieux scélérat se mourait, que la paralysie le gagnait, et qu'il ne passerait pas la nuit. — Dieu merci! ajoutaient quelques-uns.

L'évêque prit son bâton, mit son pardessus à cause de sa soutane un peu trop usée, comme nous l'avons dit, et aussi à cause du vent du soir qui ne devait pas tarder à souffler, et partit.

Le soleil déclinait et touchait presque à l'horizon, quand l'évêque arriva à l'endroit excommunié. Il reconnut avec un certain battement de cœur qu'il était près de la tanière. Il enjamba un fossé, franchit une haie, leva un échalier, entra dans un courtil délabré, fit quelques pas assez hardiment, et tout à coup, au fond de la friche, derrière une haute broussaille, il aperçut la caverne.

C'était une cabane toute basse, indigente, petite et propre avec une treille clouée à la façade.

Devant la porte, dans une vieille chaise à roulettes, fauteuil du paysan, il y avait un homme en cheveux blancs qui souriait au soleil.

Près du vieillard assis se tenait debout un jeune garçon, le petit pâtre. Il tendait au vieillard une jatte de lait.

Pendant que l'évêque regardait, le vieillard éleva la voix : — Merci, dit-il, je n'ai plus besoin de rien. Et son sourire quitta le soleil pour s'arrêter sur l'enfant.

L'évêque s'avança. Au bruit qu'il fit en marchant, le vieux homme assis tourna la tête, et son visage exprima toute la quantité de surprise qu'on peut avoir après une longue vie.

— Depuis que je suis ici, dit-il, voilà la première fois qu'on entre chez moi. Qui êtes-vous, monsieur ?

L'évêque répondit :

— Je me nomme Bienvenu Myriel.

— Bienvenu Myriel. J'ai entendu prononcer ce nom. Est-ce que c'est vous que le peuple appelle monseigneur Bienvenu ?

— C'est moi.

Le vieillard reprit avec un demi-sourire :

— En ce cas, vous êtes mon évêque ?

— Un peu.

— Entrez, monsieur.

Le conventionnel tendit la main à l'évêque, mais l'évêque ne la prit pas. L'évêque se borna à dire :

— Je suis satisfait de voir qu'on m'avait trompé. Vous ne me semblez, certes, pas malade.

— Monsieur, répondit le vieillard, je vais guérir.

Il fit une pause et dit :

— Je mourrai dans trois heures.

Puis il reprit :

— Je suis un peu médecin ; je sais de quelle façon la dernière heure vient. Hier je n'avais que les pieds froids ; aujourd'hui le froid a gagné les genoux ; maintenant je le sens qui monte jusqu'à la ceinture ; quand il sera au cœur, je m'arrêterai. Le soleil est beau, n'est-ce pas ? je me suis fait rouler dehors pour jeter un dernier coup d'œil sur les choses. Vous pouvez me parler, cela ne me fatigue point. Vous faites bien de venir regarder un homme qui va mourir. Il est bon que ce moment-là ait des témoins. On a des manies ; j'aurais voulu aller jusqu'à l'aube. Mais je sais que j'en ai à peine pour trois heures. Il fera nuit. Au fait, qu'importe ! finir est une affaire simple. On n'a pas besoin du matin pour cela. Soit. Je mourrai à la belle étoile.

Le vieillard se tourna vers le pâtre :

— Toi, va te coucher. Tu as veillé l'autre nuit.
Tu es fatigué.

L'enfant rentra dans la cabane.

Le vieillard le suivit des yeux et ajouta comme
se parlant à lui-même :

— Pendant qu'il dormira, je mourrai. Les deux
sommeils peuvent faire bon voisinage.

L'évêque n'était pas ému comme il semble qu'il
aurait pu l'être. Il ne croyait pas sentir Dieu dans
cette façon de mourir ; disons tout, car les petites
contradictions des grands cœurs veulent être in-
diquées comme le reste, lui qui, dans l'occasion,
riait si volontiers de Sa Grandeur, il était quelque peu choqué de ne pas être appelé monseigneur, et il était presque tenté de répliquer : citoyen. Il lui vint une velléité de familiarité bourrue,
assez ordinaire aux médecins et aux prêtres, mais
qui ne lui était pas habituelle, à lui. Cet homme
après tout, ce conventionnel, ce représentant du
peuple, avait été un puissant de la terre ; pour la
première fois de sa vie peut-être, l'évêque se sentit en humeur de sévérité.

Le conventionnel cependant le considérait avec

une cordialité modeste, où l'on eût pu démêler
peut-être l'humilité qui sied quand on est si près
de sa mise en poussière.

L'évèque, de son côté, quoiqu'il se gardât ordi-
nairement de la curiosité, laquelle, selon lui, était
contiguë à l'offense, ne pouvait s'empêcher d'examiner le conventionnel avec une attention qui,
n'ayant pas sa source dans la sympathie, lui eût
été probablement reprochée par sa conscience vis-
à-vis de tout autre homme. Un conventionnel lui
faisait un peu l'effet d'être hors la loi, même hors
la loi de charité.

G., calme, le buste presque droit, la voix
vibrante, était un de ces grands octogénaires qui
font l'étonnement du physiologiste. La révolution
a eu beaucoup de ces hommes proportionnés à l'é-
poque. On sentait dans ce vieillard l'homme à l'é-
preuve. Si près de sa fin, il avait conservé tous les
gestes de la santé. Il y avait dans son coup d'œil
clair, dans son accent ferme, dans son robuste
mouvement d'épaules, de quoi déconcerter la mort.
Azraël, l'ange mahométan du sépulcre, eût re-
broussé chemin et eût cru se tromper de porte. G.
semblait mourir parce qu'il le voulait bien. Il y

avait de la liberté dans son agonie. Les jambes
seulement étaient immobiles. Les ténèbres le tenaient par là. Les pieds étaient morts et froids, et
la tête vivait de toute la puissance de la vie, et
paraissait en pleine lumière. G., en ce grave moment, ressemblait à ce roi du conte oriental, chair
par en haut, marbre par en bas.

Une pierre était là. L'évêque s'y assit. L'exorde
fut *ex abrupto*.

— Je vous félicite, dit-il du ton dont on répri-
mande. Vous n'avez toujours pas voté la mort
du roi.

Le conventionnel ne parut pas remarquer le
sous-entendu amer caché dans ce mot : toujours.
Il répondit. Tout sourire avait disparu de sa face :

— Ne me félicitez pas trop, monsieur ; j'ai voté
la fin du tyran.

C'était l'accent austère en présence de l'accent
sévère.

— Que voulez-vous dire ? reprit l'évêque.

— Je veux dire que l'homme a un tyran, l'ignorance. J'ai voté la fin de ce tyran-là. Ce tyran-là
a engendré la royauté qui est l'autorité prise dans
le faux, tandis que la science est l'autorité prise

dans le vrai. L'homme ne doit être gouverné que par la science.

— Et la conscience, ajouta l'évêque.

— C'est la même chose. La conscience, c'est la quantité de science innée que nous avons en nous.

Monseigneur Bienvenu écoutait, un peu étonné, ce langage très-nouveau pour lui.

Le conventionnel poursuivit :

— Quant à Louis XVI, j'ai dit non. Je ne me crois pas le droit de tuer un homme ; mais je me sens le devoir d'exterminer le mal. J'ai voté la fin du tyran. C'est à dire la fin de la prostitution pour la femme, la fin de l'esclavage pour l'homme, la fin de la nuit pour l'enfant. En votant la république, j'ai voté cela. J'ai voté la fraternité, la concorde, l'aurore ! j'ai aidé à la chute des préjugés et des erreurs. Les écroulements des erreurs et des préjugés font de la lumière. Nous avons fait tomber le vieux monde, nous autres, et le vieux monde, vase des misères, en se renversant sur le genre humain, est devenu une urne de joie.

— Joie mêlée, dit l'évêque.

— Vous pourriez dire joie troublée, et aujour-d'hui, après ce fatal retour du passé qu'on nomme 1814, joie disparue. Hélas, l'œuvre a été incomplète, j'en conviens ; nous avons démoli l'ancien régime dais les faits, nous n'avons pu entièrement le supprimer dans les idées. Détruire les abus, cela ne suffit pas ; il faut modifier les mœurs. Le moulin n'y est plus, le vent y est encore.

— Vous avez démoli. Démolir peut être utile ; mais je me défie d'une démolition compliquée de colère.

— Le droit a sa colère, monsieur l'évêque, et la colère du droit est un élément du progrès. N'importe, et quoi qu'on en dise, la révolution française est le plus puissant pas du genre humain depuis l'avénement du Christ. Incomplète, soit ; mais sublime. Elle a dégagé toutes les inconnues sociales. Elle a adouci les esprits ; elle a calmé, apaisé, éclairé ; elle a fait couler sur la terre des flots de civilisation. Elle a été bonne. La révolution française, c'est le sacre de l'humanité.

L'évêque ne put s'empêcher de murmurer : — Oui ? 93 !

Le conventionnel se dressa sur sa chaise avec une solennité presque lugubre, et, autant qu'un mourant peut s'écrier, il s'écria :

— Ah! vous y voilà. 93. J'attendais ce mot-là. Un nuage s'est formé pendant quinze cents ans. Au bout de quinze siècles, il a crevé. Vous faites le procès au coup de tonnerre.

L'évêque sentit, sans se l'avouer peut-être, que quelque chose en lui était atteint. Pourtant il fit bonne contenance. Il répondit :

— Le juge parle au nom de la justice ; le prêtre parle au nom de la pitié, qui n'est autre chose qu'une justice plus élevée. Un coup de tonnerre ne doit pas se tromper.

Et il ajouta en regardant fixement le conventionnel : — Louis XVII ?

Le conventionnel étendit la main et saisit le bras de l'évêque :

— Louis XVII! voyons. Sur qui pleurez-vous? est-ce sur l'enfant innocent? alors soit, je pleure avec vous. Est-ce sur l'enfant royal? je demande à réfléchir. Pour moi le frère de Cartouche, enfant innocent, pendu sous les aisselles en place de Grève jusqu'à ce que mort s'ensuive, pour le seul crime d'avoir été le frère de Cartouche, n'est pas moins douloureux que le petit-fils de Louis XV, enfant innocent, martyrisé dans la tour du Temple pour le seul crime d'avoir été le petit-fils de Louis XV.

— Monsieur, dit l'évêque, je n'aime pas ces rapprochements de noms.

— Cartouche? Louis XV? pour lequel des deux réclamez-vous?

Il y eut un moment de silence. L'évêque regrettait presque d'être venu, et pourtant il se sentait vaguement et étrangement ébranlé.

Le conventionnel reprit :

— Ah! monsieur le prêtre, vous n'aimez pas les crudités du vrai. Christ les aimait, lui. Il prenait une verge et il époussetait le temple. Son fouet plein d'éclairs était un rude diseur de vérités. Quand il s'écriait : *Sinite parvulos*, il ne distinguait pas entre les petits enfants. Il ne se fût pas gêné pour rapprocher le dauphin de Barabbas du dauphin d'Hérode. Monsieur, l'innocence est sa couronne à elle-même. L'innocence n'a que faire d'être altesse. Elle est aussi auguste, déguenillée que fleurdelysée.

— C'est vrai, dit l'évêque à voix basse.

— J'insiste, continua le conventionnel G. Vous
m'avez nommé Louis XVII. Entendons-nous. Pleu-
rons-nous sur tous les innocents, sur tous les
martyrs, sur tous les enfants, sur ceux d'en bas
comme sur ceux d'en haut? J'en suis. Mais alors,
je vous l'ai dit, il faut remonter plus haut que 93,
et c'est avant Louis XVII qu'il faut commencer
nos larmes. Je pleurerai sur les enfants des rois
avec vous, pourvu que vous pleuriez avec moi sur
les petits du peuple.

Je pleure sur tous, dit l'évêque.

— Également! s'écria G., et si la balance doit
pencher, que ce soit du côté du peuple. Il y a plus
longtemps qu'il souffre.

Il y eut encore un silence. Ce fut le conventionnel qui le rompit. Il se souleva sur un coude,
prit entre son pouce et son index replié un peu de
sa joue, comme on fait machinalement lorsqu'on
interroge et qu'on juge, et interpella l'évêque avec
un regard plein de toutes les énergies de l'agonie.
Ce fut presque une explosion.

— Oui, monsieur, il y a longtemps que le
peuple souffre. Et puis, tenez, ce n'est pas tout

cela, que venez-vous me questionner et me parler
de Louis XVII? Je ne vous connais pas, moi. Depuis que je suis dans ce pays, j'ai vécu dans cet
enclos, seul, ne mettant pas les pieds dehors, ne
voyant personne, que cet enfant qui m'aide. Votre
nom est, il est vrai, arrivé confusément jusqu'à
moi, et, je dois le dire, pas très-mal prononcé;
mais cela ne signifie rien; les gens habiles ont
tant de manières d'en faire accroire à ce brave
bonhomme de peuple. A propos, je n'ai pas entendu le bruit de votre voiture, vous l'aurez sans
doute laissée derrière le taillis, là-bas à l'embran-
chement de la route. Je ne vous connais pas, vous
dis-je. Vous m'avez dit que vous étiez l'évêque,
mais cela ne me renseigne point sur votre personne morale. En somme, je vous répète ma question : Qui êtes-vous? Vous êtes un évêque, c'est-à-
dire un prince de l'Église, un de ces hommes
dorés, armoriés, rentés, qui ont de grosses prébendes, — l'évêché de D. —, quinze mille francs
de fixe, dix mille francs de casuel, total, vingt-cinq
mille francs, — qui ont des cuisines, qui ont des
livrées, qui font bonne chère, qui mangent des
poules d'eau le vendredi, qui se pavanent, laquais

devant, laquais derrière, en berline de gala, et
qui ont des palais et qui roulent carrosse au nom
de Jésus–Christ qui allait pieds nus ! Vous êtes un
prélat ; rentes, palais, chevaux, valets, bonne
table, toutes les sensualités de la vie, vous avez
cela comme les autres, et comme les autres vous
en jouissez, c'est bien, mais cela en dit trop ou
pas assez ; cela ne m'éclaire pas sur votre valeur
intrinsèque et essentielle à vous qui venez avec la
prétention probable de m'apporter de la sagesse.
A qui est-ce que je parle ? Qui êtes-vous ?

L'évêque baissa la tête et répondit : — *Vermis
sum.*

— Un ver de terre en carrosse ! grommela le
conventionnel.

C'était le tour du conventionnel d'être hautain,
et de l'évêque d'être humble.

L'évêque reprit avec douceur :

— Monsieur, soit. Mais expliquez-moi en quoi
mon carrosse, qui est là à deux pas derrière les
arbres, en quoi ma bonne table et les poules d'eau
que je mange le vendredi, en quoi mes vingt-cinq
mille livres de rentes, en quoi mon palais et mes
laquais prouvent que la pitié n'est pas une vertu,

que la clémence n'est pas un devoir, et que 93 n'a
pas été inexorable.

Le conventionnel passa la main sur son front
comme pour en écarter un nuage.

— Avant de vous répondre, dit-il, je vous
prie de me pardonner. Je viens d'avoir un tort,
monsieur. Vous êtes chez moi, vous êtes mon
hôte. Je vous dois courtoisie. Vous discutez mes
idées, il sied que je me borne à combattre vos raisonnements. Vos richesses et vos jouissances sont
des avantages que j'ai contre vous dans le débat,
mais il est de bon goût de ne pas m'en servir. Je
vous promets de ne plus en user.

— Je vous remercie, dit l'évêque.

G. reprit :

— Revenons à l'explication que vous me deman-
diez. Où en étions-nous? que me disiez-vous? que
93 a été inexorable?

— Inexorable, oui, dit l'évêque. Que pensez-
vous de Marat battant des mains à la guillotine?

— Que pensez-vous de Bossuet chantant le Te
Deum sur les dragonnades?

La réponse était dure, mais allait au but avec
la rigidité d'une pointe d'acier. L'évêque en tres-

saillit, il ne lui vint aucune riposte ; mais il était froissé de cette façon de nommer Bossuet. Les meilleurs esprits ont leurs fétiches, et parfois se sentent vaguement meurtris des manques de respect de la logique.

Le conventionnel commençait à haleter ; l'asthme de l'agonie, qui se mêle aux derniers souffles, lui entrecoupait la voix ; cependant il avait encore une parfaite lucidité d'âme dans les yeux. Il continua :

— Disons encore quelques mots çà et là, je veux bien. En dehors de la révolution qui, prise dans son ensemble, est une immense affirmation humaine, 93, hélas ! est une réplique. Vous la trouvez inexorable, mais toute la monarchie, monsieur ? Carrier est un bandit ; mais quel nom donnez-vous à Montrevel ? Fouquier-Tainville est un gueux ; mais quel est votre avis sur Lamoignon-Bâville ? Maillard est affreux, mais Saulx-Tavannes, s'il vous plaît ? Le père Duchêne est féroce, mais quelle épithète m'accorderez-vous pour le père Letellier ? Jourdan-Coupe-Tête est un monstre, mais moindre que monsieur le marquis de Louvois. Monsieur, monsieur, je plains Marie-Antoinette, archiduchesse et reine, mais je plains aussi

cette pauvre femme huguenote qui, en 1685, sous
Louis le Grand, monsieur, allaitant son enfant, fut
liée, nue jusqu'à la ceinture, à un poteau, l'enfant
tenu à distance; le sein se gonflait de lait et le
cœur d'angoisse; le petit, affamé et pâle, voyait ce
sein, agonisait et criait; et le bourreau disait à la
femme, mère et nourrice : Abjure! lui donnant à
choisir entre la mort de son enfant et la mort de
sa conscience. Que dites-vous de ce supplice de
Tantale accommodé à une mère? Monsieur, retenez
bien ceci : la Révolution française a eu ses raisons.
Sa colère sera absoute par l'avenir. Son résultat,
c'est le monde meilleur. De ses coups les plus terribles il sort une caresse pour le genre humain.
J'abrége. Je m'arrête. J'ai trop beau jeu. D'ailleurs
je me meurs.

Et, cessant de regarder l'évêque, le conventionnel acheva sa pensée en ces quelques mots
tranquilles.

— Oui, les brutalités du progrès s'appellent
révolutions. Quand elles sont finies, on reconnaît
ceci : que le genre humain a été rudoyé. mais
qu'il a marché.

Le conventionnel ne se doutait pas qu'il venait

d'emporter successivement l'un après l'autre tous
les retranchements intérieurs de l'évêque. Il en
restait un pourtant, et de ce retranchement, suprême ressource de la résistance de monseigneur
Bienvenu, sortit cette parole où reparut presque
toute la rudesse du commencement :

— Le progrès doit croire en Dieu. Le bien ne
peut pas avoir de serviteur impie. C'est un mauvais conducteur du genre humain que celui qui
est athée.

Le vieux représentant du peuple ne répondit
pas. Il eut un tremblement. Il regarda le ciel et
une larme germa lentement dans ce regard. Quand
la paupière fut pleine, la larme coula le long de
sa joue livide. et il dit presque en bégayant, bas
et se parlant à lui-même, l'œil perdu dans les profondeurs :

O toi ! ô idéal ! toi seul existes !

L'évêque eut une sorte d'inexprimable commotion.

Après un silence, le vieillard leva un doigt vers
le ciel, et dit :

— L'infini est. Il est là. Si l'infini n'avait pas
de moi, le moi serait sa borne ; il ne serait pas

infini; en d'autres termes, il ne serait pas. Or il
est. Donc il a un moi. Ce moi de l'infini, c'est,
Dieu.

Le mourant avait prononcé ces dernières paroles d'une voix haute et avec le frémissement de
l'extase, comme s'il voyait quelqu'un. Quand il
eut parlé, ses yeux se fermèrent. L'effort l'avait
épuisé. Il était évident qu'il venait de vivre en
une minute les quelques heures qui lui restaient.
Ce qu'il venait de dire l'avait approché de celui qui
est dans la mort. L'instant suprême arrivait.

L'évêque le comprit, le moment pressait, c'était
comme prêtre qu'il était venu, de l'extrême froi-
deur il était passé par degrés à l'émotion extrême,
il regarda ces yeux fermés, il prit cette vieille
main ridée et glacée, et se pencha vers le mo-
ribond :

— Cette heure est celle de Dieu. Ne trouvez-
vous pas qu'il serait regrettable que nous nous
fussions rencontrés en vain?

Le conventionnel rouvrit les yeux. Une gravité où il y avait de l'ombre s'empreignit sur son
visage.

— Monsieur l'évêque, dit-il, avec une lenteur

qui venait peut-être plus encore de la dignité de
l'âme que de la défaillance des forces, j'ai passé
ma vie dans la méditation, l'étude et la contemplation. J'avais soixante ans quand mon pays m'a
appelé et m'a ordonné de me mêler de ses affaires.
J'ai obéi. Il y avait des abus, je les ai combattus;
il y avait des tyrannies, je les ai détruites; il y
avait des droits et des principes, je les ai procla-
més et confessés. Le territoire était envahi, je l'ai
défendu; la France était menacée, j'ai offert ma
poitrine. Je n'étais pas riche; je suis pauvre. J'ai
été l'un des maîtres de l'État, les caves de la
Banque étaient encombrées d'espèces au point
qu'on était forcé d'étançonner les murs, prêts à
se fendre sous le poids de l'or et de l'argent, je
dînais rue de l'Arbre-Sec à vingt-deux sous par
tête. J'ai secouru les opprimés, j'ai soulagé les
souffrants. J'ai déchiré la nappe de l'autel, c'est
vrai; mais c'était pour panser les blessures de la
patrie. J'ai toujours soutenu la marche en avant
du genre humain vers la lumière et j'ai résisté
quelquefois au progrès sans pitié. J'ai, dans l'occasion, protégé mes propres adversaires, vous autres. Et il y a, à Peteghem en Flandre, à l'en-

droit même où les rois mérovingiens avaient leur
palais d'été, un couvent d'urbanistes, l'abbaye de
Sainte-Claire en Beaulieu, que j'ai sauvé en 1793.
J'ai fait mon devoir selon mes forces, et le bien que
j'ai pu. Après quoi j'ai été chassé, traqué, poursuivi, persécuté, noirci, raillé, conspué, maudit,
proscrit. Depuis bien des années déjà, avec mes
cheveux blancs, je sens que beaucoup de gens se
croient sur moi le droit de mépris, j'ai pour la
pauvre foule ignorante visage de damné, et j'ac-
cepte, ne haïssant personne, l'isolement de la
haine. Maintenant j'ai quatre-vingt-six ans; je
vais mourir. Qu'est-ce que vous venez me demander?

— Votre bénédiction, dit l'évêque.

Et il s'agenouilla.

Quand l'évêque releva la tête, la face du conventionnel était devenue auguste. Il venait d'ex-
pirer.

L'évêque rentra chez lui profondément absorbé
dans on ne sait quelles pensées. Il passa toute la
nuit en prière. Le lendemain quelques braves curieux essayèrent de lui parler du conventionnel G.,
il se borna à montrer le ciel.

A partir de ce moment, il redoubla de tendresse
et de fraternité pour les petits et les souffrants.

Toute allusion à ce « vieux scélérat de G. » le
faisait tomber dans une préoccupation singulière.
Personne ne pourrait dire que le passage de cet
esprit devant le sien et le reflet de cette grande
conscience sur la sienne ne fût pas pour quelque
chose dans son approche de la perfection.

Cette « visite pastorale » fut naturellement une
occasion de bourdonnement pour les petites cote-
ries locales :

« — Était-ce la place d'un évêque que le chevet d'un tel mourant ? Il n'y avait évidemment pas
de conversion à attendre. Tous ces révolution-
naires sont relaps. Alors pourquoi y aller ? Qu'a-
t-il été regarder là ? Il fallait donc qu'il fût bien
curieux d'un emportement d'âme par le diable. »

Un jour une douairière, de la variété imperti-
nente qui se croit spirituelle, lui adressa cette saillie : — Monseigneur, on demande quand Votre
Grandeur aura le bonnet rouge. — Oh ! oh ! voilà
une grosse couleur, répondit l'évêque. Heureusement que ceux qui la méprisent dans un bonnet la
vénèrent dans un chapeau.

XI

UNE RESTRICTION

On risquerait fort de se tromper si l'on con-
cluait de là que monseigneur Bienvenu fût « un
évêque philosophe » ou « un curé patriote. » Sa
rencontre, ce qu'on pourrait presque appeler sa
conjonction avec le conventionnel G., lui laissa
une sorte d'étonnement qui le rendit plus doux
encore. Voilà tout.

Quoique monseigneur Bienvenu n'ait été rien

moins qu'un homme politique, c'est peut-être ici le lieu d'indiquer très-brièvement quelle fut son attitude dans les événements d'alors, en supposant que monseigneur Bienvenu ait jamais songé à avoir une attitude.

Remontons donc en arrière de quelques années.

Quelque temps après l'élévation de M. Myriel à l'épiscopat, l'empereur l'avait fait baron de l'empire, en même temps que plusieurs autres évêques. L'arrestation du pape eut lieu, comme on sait, dans la nuit du 5 au 6 juillet 1809 ; à cette occasion, M. Myriel fut appelé par Napoléon au synode des évêques de France et d'Italie convoqué à Paris. Ce synode se tint à Notre-Dame et s'assembla pour la première fois le 15 juin 1811 sous la présidence de M. le cardinal Fesch. M. Myriel fut du nombre des quatre-vingt-quinze évêques qui s'y rendirent. Mais il n'assista qu'à une séance et à trois ou quatre conférences particulières. Évêque d'un diocèse montagnard, vivant si près de la nature, dans la rusticité et le dénûment, il paraîtqu'il apportait parmi ces personnages éminents des idées qui changeaient la température de l'assem-

blée. Il revint bien vite à D. — On le questionna
sur ce prompt retour, il répondit : — *Je les gê-*
nais. L'air du dehors leur venait par moi. Je leur
faisais l'effet d'une porte ouverte.

Une autre fois, il dit : — *Que voulez-vous ? ces*
messeigneurs-là sont des princes. Moi, je ne suis
qu'un pauvre évêque paysan.

Le fait est qu'il avait déplu. Entre autres choses
étranges, il lui serait échappé de dire, un soir
qu'il se trouvait chez un de ses collègues les plus
qualifiés : — Les belles pendules ! les beaux tapis !
les belles livrées ! Ce doit être bien importun ! Oh !
que je ne voudrais pas avoir tout ce superflu-là à
me crier sans cesse aux oreilles : il y a des gens
qui ont faim ! il y a des gens qui ont froid ! il y a
des pauvres ! il y a des pauvres !

Disons-le en passant, ce ne serait pas une haine
intelligente que la haine du luxe. Cette haine im-
pliquerait la haine des arts. Cependant, chez les
gens d'église, en dehors de la représentation et
des cérémonies, le luxe est un tort. Il semble
révéler des habitudes peu réellement charitables.
Un prêtre opulent est un contre-sens. Le prêtre
doit se tenir près des pauvres. Or, peut-on tou-

cher sans cesse et nuit et jour à toutes les
détresses, à toutes les infortunes, à toutes les indi-
gences, sans avoir soi-même sur soi un peu de cette
sainte misère, comme la poussière du travail? Se
figure-t-on un homme qui est près d'un brasier, et
qui n'a pas chaud? Se figure-t-on un ouvrier qui
travaille sans cesse à une fournaise et qui n'a ni un
cheveu brûlé, ni un ongle noirci, ni une goutte
de sueur, ni un grain de cendre au visage? La
première preuve de la charité chez le prêtre, chez
l'évêque surtout, c'est la pauvreté.

C'était là sans doute ce que pensait M. l'évêque
de D. —

Il ne faudrait pas croire d'ailleurs qu'il par-
tageât sur certains points délicats ce que nous
appellerions « les idées du siècle. » Il se mêlait
peu aux querelles théologiques du moment et se
taisait sur les questions où sont compromis l'Église
et l'État; mais si on l'eût beaucoup pressé, il paraît qu'on l'eût trouvé plutôt ultramontain que
gallican. Comme nous faisons un portrait et que
nous ne voulons rien cacher, nous sommes forcé
d'ajouter qu'il fut glacial pour Napoléon décli-
nant. A partir de 1813, il adhéra ou il applaudit

à toutes les manifestations hostiles. Il refusa de
le voir à son passage au retour de l'île d'Elbe, et
s'abstint d'ordonner dans son diocèse les prières
publiques pour l'empereur pendant les Cent Jours.

Outre sa sœur, mademoiselle Baptistine, il avait
deux frères ; l'un général, l'autre préfet. Il écrivait
assez souvent à tous les deux. Il tint quelque
temps rigueur au premier, parce qu'ayant un
commandement en Provence, à l'époque du débarquement de Cannes, le général s'était mis à la
tête de douze cents hommes et avait poursuivi
l'empereur comme quelqu'un qu'on veut laisser
échapper. Sa correspondance resta plus affectueuse
pour l'autre frère, l'ancien préfet, brave et digne
homme qui vivait retiré à Paris, rue Cassette.

Monseigneur Bienvenu eut donc, aussi lui, son
heure d'esprit de parti, son heure d'amertume,
son nuage. L'ombre des passions du moment traversa ce doux et grand esprit occupé des choses
éternelles. Certes, un pareil homme eût mérité de
n'avoir pas d'opinions politiques. Qu'on ne se
méprenne pas sur notre pensée, nous ne confon-
dons point ce qu'on appelle « opinions politiques »
avec la grande aspiration au progrès, avec la

I 8

sublime foi patriotique, démocratique et humaine,
qui, de nos jours, doit être le fond même de toute
intelligence généreuse. Sans approfondir des questions qui ne touchent qu'indirectement au sujet de
ce livre, nous disons simplement ceci : il eût été
beau que monseigneur Bienvenu n'eût pas été
royaliste et que son regard ne se fût pas détourné
un seul instant de cette contemplation sereine où
l'on voit rayonner distinctement, au-dessus des
fictions et des haines de ce monde, au-dessus du
va-et-vient orageux des choses humaines, ces trois
pures lumières, la Vérité, la Justice et la Charité.

Tout en convenant que ce n'était point pour
une fonction politique que Dieu avait créé monseigneur Bienvenu, nous eussions compris et ad-
miré la protestation au nom du droit et de la
liberté, l'opposition fière, la résistance périlleuse
et juste à Napoléon tout-puissant. Mais ce qui nous
plaît vis-à-vis de ceux qui montent, nous plaît
moins vis-à-vis de ceux qui tombent. Nous n'ai-
mons le combat que tant qu'il y a danger; et dans
tous les cas, les combattants de la première heure
ont seuls le droit d'être les exterminateurs de la
dernière. Qui n'a pas été accusateur opiniâtre

pendant la prospérité doit se taire devant l'écroulement. Le dénonciateur du succès est le seul légitime justicier de la chute. Quant à nous, lorsque
la Providence s'en mêle et frappe, nous la laissons
faire. 1812 commence à nous désarmer. En 1813,
la lâche rupture de silence de ce corps législatif
taciturne, enhardi par les catastrophes, n'avait
que de quoi indigner, et c'était un tort d'applau-
dir ; en 1814, devant ces maréchaux trahissant,
devant ce sénat passant d'une fange à l'autre,
insultant après avoir divinisé, devant cette ido-
lâtrie lâchant pied et crachant sur l'idole, c'était
un devoir de détourner la tête ; en 1815, comme
les suprêmes désastres étaient dans l'air, comme
la France avait le frisson de leur approche sinistre,
comme on pouvait vaguement distinguer déjà Waterloo ouvert devant Napoléon, la douloureuse acclamation de l'armée et du peuple au condamné du
destin n'avait rien de risible, et, toute réserve faite
sur le despote, un cœur comme l'évêque de D. —
n'eût peut-être pas dû méconnaître ce qu'avait
d'auguste et de touchant, au bord de l'abîme,
l'étroit embrassement d'une grande nation et d'un
grand homme.

A cela près, il était et il fut en toute chose juste, vrai, équitable, intelligent, humble et digne; bienfaisant et bienveillant, ce qui est une autre bienfaisance. C'était un prêtre, un sage et un homme. Même, il faut le dire, dans cette opinion politique que nous venons de lui reprocher et que nous sommes disposé à juger presque sévèrement, il était tolérant et facile, peut-être plus que nous qui parlons ici. Le portier de la maison de ville avait été placé là par l'empereur. C'était un vieux sous-officier de la vieille garde, légionnaire d'Austerlitz, bonapartiste comme l'aigle. Il échappait dans l'occasion à ce pauvre diable des paroles peu réfléchies que la loi d'alors qualifiait *propos séditieux*. Depuis que le profil impérial avait disparu de la légion d'honneur, il ne s'habillait jamais *dans l'ordonnance,* comme il disait, afin de ne pas être forcé de porter sa croix. Il avait ôté lui-même dévotement l'effigie impériale de la croix que Napoléon lui avait donnée, cela faisait un trou et il n'avait rien voulu mettre à la place. *Plutôt mourir,* disait-il, *que de porter sur mon cœur les trois crapauds !* Il raillait volontiers tout haut Louis XVIII. *Vieux goutteux à guêtres d'anglais!* disait-il, *qu'il s'en aille en Prusse avec son salsifis.* Heureux de réunir dans la même imprécation les deux choses qu'il détestait le plus, la Prusse et l'Angleterre. Il en fit tant qu'il perdit sa place. Le voilà sans pain sur le pavé avec femme et enfants. L'évêque le fit venir, le gronda doucement et le nomma suisse de la cathédrale.

En neuf ans, à force de saintes actions et de douces manières, monseigneur Bienvenu avait rempli la ville de D. — d'une sorte de vénération tendre et filiale. Sa conduite même envers Napoléon avait été acceptée et comme tacitement pardonnée par le peuple, bon troupeau faible, qui adorait son empereur, mais qui aimait son évêque.

XII

SOLITUDE DE MONSEIGNEUR BIENVENU

Il y a presque toujours autour d'un évêque une escouade de petits abbés comme autour d'un général une volée de jeunes officiers. C'est là ce que ce charmant saint François de Sales appelle quelque part « les prêtres blancs-becs. » Toute carrière a ses aspirants qui font cortége aux arrivés. Pas une puissance qui n'ait son entourage, pas une fortune qui n'ait sa cour. Les chercheurs d'avenir tour-

billonnent autour du présent splendide. Toute
métropole a son état-major. Tout évêque un peu
influent a près de lui sa patrouille de chérubins
séminaristes qui fait la ronde et maintient le bon
ordre dans le palais épiscopal et qui monte la
garde autour du sourire de monseigneur. Agréer
à un évêque, c'est le pied à l'étrier pour un sous-
diacre. Il faut bien faire son chemin; l'apostolat
ne dédaigne point le canonicat.

De même qu'il y a ailleurs les gros bonnets, il
y a dans l'église les grosses mitres. Ce sont les
évêques bien en cour, riches, rentés, habiles,
acceptés du monde, sachant prier, sans doute,
mais sachant aussi solliciter, peu scrupuleux de
faire faire antichambre en leur personne à tout un
diocèse, traits d'union entre la sacristie et la di-
plomatie, plutôt abbés que prêtres, plutôt prélats
qu'évêques. Heureux qui les approche! Gens en
crédit qu'ils sont, ils font pleuvoir autour d'eux,
sur les empressés et les favorisés, et sur toute cette
jeunesse qui sait plaire, les grosses paroisses,
les prébendes, les archidiaconats, les aumôneries,
et les fonctions cathédrales, en attendant les dignités épiscopales. En avançant eux-mêmes, ils font

progresser leurs satellites ; c'est tout un système solaire en marche. Leur rayonnement empourpre leur suite. Leur prospérité s'émiette sur la cantonade en bonnes petites promotions. Plus grand diocèse au patron, plus grosse cure au favori. Et puis Rome est là. Un évêque qui sait devenir archevêque, un archevêque qui sait devenir cardinal, vous emmène comme conclaviste, vous entrez dans la rote, vous avez le pallium, vous voilà auditeur, vous voilà camérier, vous voilà monsignor, et de la Grandeur à l'Éminence il n'y a qu'un pas, et entre l'Éminence et la Sainteté il n'y a que la fumée d'un scrutin. Toute calotte peut rêver la tiare. Le prêtre est de nos jours le seul homme qui puisse régulièrement devenir roi ; et quel roi ! le roi suprême. Aussi quelle pépinière d'aspirations qu'un séminaire ! Que d'enfants de chœur rougissants, que de jeunes abbés, ont sur la tête le pot au lait de Perrette ! Comme l'ambition s'intitule aisément vocation, qui sait? de bonne foi peut-être et se trompant elle-même, béate qu'elle est !

Monseigneur Bienvenu, humble, pauvre, particulier, n'était pas compté parmi les grosses

mitres. Cela était visible à l'absence complète de
jeunes prêtres autour de lui. On a vu qu'à Paris
« il n'avait pas pris. » Pas un avenir ne songeait
à se greffer sur ce vieillard solitaire. Pas une ambition en herbe ne faisait la folie de verdir à son
ombre. Ses chanoines et ses grands vicaires étaient
de bons vieux hommes, un peu peuple comme lui,
murés comme lui dans ce diocèse sans issue sur
le cardinalat, et qui ressemblaient à leur évêque,
avec cette différence qu'eux étaient finis, et que
lui était achevé. On sentait si bien l'impossibilité
de croître près de monseigneur Bienvenu qu'à
peine sortis du séminaire, les jeunes gens ordon-
nés par lui se faisaient recommander aux arche-
vêques d'Aix ou d'Auch et s'en allaient bien vite.
Car enfin, nous le répétons, on veut être poussé.
Un saint qui vit dans un accès d'abnégation est
un voisinage dangereux; il pourrait bien vous
communiquer par contagion une pauvreté incu-
rable, l'ankylose des articulations utiles à l'avancement, et, en somme, plus de renoncement que
vous n'en voulez; et l'on fuit cette vertu galeuse.
De là l'isolement de monseigneur Bienvenu. Nous
vivons dans une société sombre. Réussir; voilà

l'enseignement qui tombe goutte à goutte de la corruption en surplomb.

Soit dit en passant, c'est une chose assez hideuse que le succès. Sa fausse ressemblance avec le mérite trompe les hommes. Pour la foule, la réussite a presque le même profil que la suprématie. Le succès, ce ménechme du talent, a une dupe : l'histoire. Juvénal et Tacite seuls en bougonnent. De nos jours, une philosophie à peu près officielle est entrée en domesticité chez lui, porte la livrée du succès, et fait le service de son antichambre. Réussissez : théorie. Prospérité suppose capacité. Gagnez à la loterie, vous voilà un habile homme. Qui triomphe est vénéré. Naissez coiffé ! tout est là. Ayez de la chance, vous aurez le reste ; soyez heureux, on vous croira grand. En dehors des cinq ou six exceptions immenses qui font l'éclat d'un siècle, l'admiration contemporaine n'est guère que myopie. Dorure est or. Être le premier venu, cela ne gâte rien, pourvu qu'on soit le parvenu. Le vulgaire est un vieux Narcisse qui s'adore lui-même et qui applaudit le vulgaire. Cette faculté énorme par laquelle on est Moïse, Eschyle, Dante, Michel-Ange ou Napoléon, la multitude la décerne d'emblée et

par acclamation à quiconque atteint son but dans
quoi que ce soit. Qu'un notaire se transfigure en
député, qu'un faux Corneille fasse *Tiridate,* qu'un
eunuque parvienne à posséder un harem, qu'un
Prudhomme militaire gagne par accident la bataille
décisive d'une époque, qu'un apothicaire invente
les semelles de carton pour l'armée de Sambre-et-
Meuse et se construise, avec ce carton vendu pour
du cuir, quatre cent mille livres de rente, qu'un
porteballe épouse l'usure et la fasse accoucher de
sept à huit millions dont il est le père et dont elle
est la mère, qu'un prédicateur devienne évêque par
le nasillement, qu'un intendant de bonne maison
soit si riche en sortant de service qu'on le fasse
ministre des finances, les hommes appellent cela
Génie, de même qu'ils appellent Beauté la figure
de Mousqueton et Majesté l'encolure de Claude.
Ils confondent avec les constellations de l'abîme les
étoiles que font dans la vase molle du bourbier les
pattes des canards.

XIII

CE QU'IL CROYAIT

Au point de vue de l'orthodoxie, nous n'avons
point à sonder M. l'évêque de D. — Devant une
telle âme, nous ne nous sentons en humeur que de
respect. La conscience du juste doit être crue sur
parole. D'ailleurs, de certaines natures étant don-
nées, nous admettons le développement possible
de toutes les beautés de la vertu humaine dans
une croyance différente de la nôtre.

Que pensait-il de ce dogme-ci ou de ce mys-
tère-là? Ces secrets du for intérieur ne sont connus
que de la tombe où les âmes entrent nues. Ce
dont nous sommes certain, c'est que jamais les
difficultés de foi ne se résolvaient pour lui en hypo-
crisie. Aucune pourriture n'est possible au diamant.
Il croyait le plus qu'il pouvait. *Credo in Patrem*,
s'écriait-il souvent. Puisant d'ailleurs dans les
bonnes œuvres cette quantité de satisfaction qui
suffit à la conscience, et qui vous dit tout bas : tu
es avec Dieu!

Ce que nous croyons devoir noter, c'est que, en
dehors, pour ainsi dire, et au delà de sa foi, l'évêque
avait un excès d'amour. C'est par là, *quia multum
amavit,* qu'il était jugé vulnérable par les « hommes
sérieux », les « personnes graves » et les « gens
raisonnables ; » locutions favorites de notre triste
monde où l'égoïsme reçoit le mot d'ordre du pé-
dantisme. Qu'était-ce que cet excès d'amour?
C'était une bienveillance sereine, débordant les
hommes, comme nous l'avons indiqué déjà, et,
dans l'occasion, s'étendant jusqu'aux choses. Il
vivait sans dédain. Il était indulgent pour la création de Dieu. Tout homme, même le meilleur, a en

lui une dureté irréfléchie qu'il tient en réserve pour
l'animal. L'évêque de D. — n'avait point cette
dureté-là, particulière à beaucoup de prêtres pourtant. Il n'allait pas jusqu'au brahmine, mais il
semblait avoir médité cette parole de l'Ecclésiaste :
« sait-on où va l'âme des animaux ? » Les laideurs
de l'aspect, les difformités de l'instinct, ne le trou-
blaient pas et ne l'indignaient pas. Il en était ému,
presque attendri. Il semblait que, pensif, il en
allât chercher, au delà de la vie apparente, la
cause, l'explication ou l'excuse. Il semblait par
moments demander à Dieu des commutations. Il
examinait sans colère, et avec l'œil du linguiste
qui déchiffre un palimpseste, la quantité de chaos
qui est encore dans la nature. Cette rêverie faisait
parfois sortir de lui des mots étranges. Un matin,
il était dans son jardin, il se croyait seul ; mais sa
sœur marchait derrière lui sans qu'il la vît ; tout à
coup, il s'arrêta, et il regarda quelque chose à
terre ; c'était une grosse araignée, noire, velue,
horrible. Sa sœur l'entendit qui disait :

— Pauvre bête ! ce n'est pas sa faute.

Pourquoi ne pas dire ces enfantillages presque
divins de la bonté ? Puérilités, soit ; mais ces pué-

rilités sublimes ont été celles de saint François
d'Assise et de Marc-Aurèle. Un jour il se donna
une entorse pour n'avoir pas voulu écraser une
fourmi.

Ainsi vivait cet homme juste. Quelquefois il
s'endormait dans son jardin, et alors il n'était rien
de plus vénérable.

Monseigneur Bienvenu avait été jadis, à en
croire les récits sur sa jeunesse et même sur sa
virilité, un homme passionné, peut-être violent.
Sa mansuétude universelle était moins un instinct
de nature que le résultat d'une grande conviction
filtrée dans son cœur à travers la vie et lentement
tombée en lui pensée à pensée; car, dans un caractère comme dans un rocher, il peut y avoir des
trous de gouttes d'eau. Ces creusements-là sont
ineffaçables; ces formations-là sont indestruc-
tibles.

En 1815, nous croyons l'avoir dit, il atteignait
soixante-quinze ans, mais il n'en paraissait pas
avoir plus de soixante. Il n'était pas grand; il
avait quelque embonpoint, et, pour le combattre,
il faisait volontiers de longues marches à pied; il
avait le pas ferme et n'était que fort peu courbé;

détail d'où nous ne prétendons rien conclure; Grégoire XVI, à quatre-vingts ans, se tenait droit et
souriait, ce qui ne l'empêchait pas d'être un mauvais évêque. Monseigneur Bienvenu avait ce que le
peuple appelle « une belle tête, » mais si aimable
qu'on oubliait qu'elle était belle.

Quand il causait avec cette gaîté enfantine qui
était une de ses grâces, et dont nous avons déjà
parlé, on se sentait à l'aise près de lui, il semblait
que de toute sa personne il sortît de la joie. Son
teint coloré et frais, toutes ses dents bien blanches
qu'il avait conservées et que son rire faisait voir,
lui donnaient cet air ouvert et facile qui fait dire d'un
homme : c'est un bon enfant, et d'un vieillard :
c'est un bonhomme. C'était, on s'en souvient, l'effet
qu'il avait fait à Napoléon. Au premier abord et
pour qui le voyait pour la première fois, ce n'était
guère qu'un bonhomme en effet. Mais si l'on restait quelques heures près de lui, et pour peu qu'on
le vît pensif, le bonhomme se transfigurait peu à
peu et prenait je ne sais quoi d'imposant; son
front large et sérieux, auguste par les cheveux
blancs, devenait auguste aussi par la méditation;
la majesté se dégageait de cette bonté, sans que la

bonté cessât de rayonner; on éprouvait quelque
chose de l'émotion qu'on aurait si l'on voyait un
ange souriant ouvrir lentement ses ailes sans cesser
de sourire. Le respect, un respect inexprimable,
vous pénétrait par degrés et vous montait au cœur,
et l'on sentait qu'on avait devant soi une de ces
âmes fortes, éprouvées et indulgentes, où la pensée est si grande qu'elle ne peut plus être que
douce.

Comme on l'a vu, la prière, la célébration des
offices religieux, l'aumône, la consolation aux affligés, la culture d'un coin de terre, la fraternité, la
frugalité, l'hospitalité, le renoncement, la confiance, l'étude, le travail, remplissaient chacune
des journées de sa vie. *Remplissaient* est bien le
mot, et certes cette journée de l'évêque était bien
pleine jusqu'aux bords de bonnes pensées, de
bonnes paroles et de bonnes actions. Cependant
elle n'était pas complète si le temps froid ou plu-
vieux l'empêchait d'aller passer, le soir, quand les
deux femmes s'étaient retirées, une heure ou deux
dans son jardin avant de s'endormir. Il semblait
que ce fût une sorte de rite pour lui de se préparer
au sommeil par la méditation en présence des

grands spectacles du ciel nocturne. Quelquefois, à
une heure même assez avancée de la nuit, si les
deux vieilles filles ne dormaient pas, elles l'enten-
daient marcher lentement dans les allées. Il était là
seul avec lui-même, recueilli, paisible, adorant,
comparant la sérénité de son cœur à la sérénité de
l'éther, ému dans les ténèbres par les splendeurs
visibles des constellations et les splendeurs invisi-
bles de Dieu, ouvrant son âme aux pensées qui
tombent de l'Inconnu. Dans ces moments-là, offrant
son cœur à l'heure où les fleurs nocturnes offrent
leur parfum, allumé comme une lampe au centre
de la nuit étoilée, se répandant en extase au milieu
du rayonnement universel de la création, il n'eût
pu peut-être dire lui-même ce qui se passait dans
son esprit; il sentait quelque chose s'envoler hors
de lui et quelque chose descendre en lui. Mystérieux échanges des gouffres de l'âme avec les gouffres de l'univers!

Il songeait à la grandeur et à la présence de
Dieu; à l'éternité future, étrange mystère; à l'éternité passée, mystère plus étrange encore; à tous
les infinis qui s'enfonçaient sous ses yeux dans tous
les sens; et, sans chercher à comprendre l'incom-

préhensible, il le regardait. Il n'étudiait pas Dieu;
il s'en éblouissait. Il considérait ces magnifiques
rencontres des atomes qui donnent des aspects à la
matière, révèlent les forces en les constatant, créent
les individualités dans l'unité, les proportions dans
l'étendue, l'innombrable dans l'infini, et par la
lumière produisent la beauté. Ces rencontres se
nouent et se dénouent sans cesse; de là la vie et la
mort.

Il s'asseyait sur un banc de bois adossé à une
treille décrépite; il regardait les astres à travers
les silhouettes chétives et rachitiques de ses arbres fruitiers. Ce quart d'arpent si pauvrement
planté, si encombré de masures et de hangars, lui
était cher et lui suffisait.

Que fallait-il de plus à ce vieillard qui partageait le loisir de sa vie, où il y avait si peu de
loisir, entre le jardinage le jour et la contemplation la nuit? Cet étroit enclos, ayant les cieux
pour plafond, n'était-ce pas assez pour pouvoir
adorer Dieu tour à tour dans ses œuvres les plus
charmantes et dans ses œuvres les plus sublimes?
N'est-ce pas là tout, en effet, et que désirer au
delà? Un petit jardin pour se promener, et l'im-

mensité pour rêver. A ses pieds ce qu'on peut
cultiver et recueillir ; sur sa tête ce qu'on peut
étudier et méditer ; quelques fleurs sur la terre,
et toutes les étoiles dans le ciel.

XIV

CE QU'IL PENSAIT

Un dernier mot.

Comme cette nature de détails pourrait, particulièrement au moment où nous sommes, et pour
nous servir d'une expression actuellement à la
mode, donner à l'évêque de D.— une certaine
physionomie « panthéiste » et faire croire, soit à
son blâme, soit à sa louange, qu'il y avait en lui
une de ces philosophies personnelles, propres à

notre siècle, qui germent quelquefois dans les esprits solitaires et s'y construisent et y grandissent jusqu'à y remplacer les religions, nous insistons sur ceci que pas un de ceux qui ont connu monseigneur Bienvenu ne se fût cru autorisé à penser rien de pareil. Ce qui éclairait cet homme, c'était le cœur. Sa sagesse était faite de la lumière qui vient de là.

Point de systèmes, beaucoup d'œuvres. Les spéculations abstruses contiennent du vertige; rien n'indique qu'il hasardât son esprit dans les apocalypses. L'apôtre peut être hardi, mais l'évêque doit être timide. Il se fût probablement fait scrupule de sonder trop avant de certains problèmes réservés en quelque sorte aux grands esprits terribles. Il y a de l'horreur sacrée sous les porches de l'énigme; ces ouvertures sombres sont là béantes, mais quelque chose vous dit, à vous passant de la vie, qu'on n'entre pas. Malheur à qui y pénètre !

Les génies, dans les profondeurs inouies de l'abstraction et de la spéculation pure, situés pour ainsi dire au-dessus des dogmes, proposent leurs idées à Dieu. Leur prière offre audacieusement la discussion. Leur adoration interroge. Ceci est la religion directe, pleine d'anxiété et de responsabilité pour qui en tente les escarpements.

La méditation humaine n'a point de limite. A ses risques et périls, elle analyse et creuse son propre éblouissement. On pourrait presque dire que, par une sorte de réaction splendide, elle en éblouit la nature ; le mystérieux monde qui nous entoure rend ce qu'il reçoit ; il est probable que les contemplateurs sont contemplés. Quoi qu'il en soit, il y a sur la terre des hommes — sont-ce des hommes ? — qui aperçoivent distinctement au fond des horizons du rêve les hauteurs de l'absolu, et qui ont la vision terrible de la montagne infinie. Monseigneur Bienvenu n'était point de ces hommes-là ; monseigneur Bienvenu n'était pas un génie. Il eût redouté ces sublimités d'où quelques-uns, très-grands même, comme Swedenborg et Pascal, ont glissé dans la démence. Certes, ces puissantes rêveries ont leur utilité morale ; et par ces routes ardues on s'approche de la perfection idéale. Lui, il prenait le sentier qui abrége ; l'Évangile.

Il n'essayait point de faire faire à sa chasuble

les plis du manteau d'Élie; il ne projetait aucun
rayon d'avenir sur le roulis ténébreux des événements; il ne cherchait pas à condenser en
flamme la lueur des choses; il n'avait rien du
prophète, et rien du mage. Cette âme humble aimait; voilà tout.

Qu'il dilatàt la prière jusqu'à une aspiration sur-
humaine, cela est probable; mais on ne peut pas
plus prier trop qu'aimer trop; et, si c'était une
hérésie de prier au delà des textes, sainte Thérèse
et saint Jérôme seraient des hérétiques.

Il se penchait sur ce qui gémit et sur ce qui
expie. L'univers lui apparaissait comme une immense maladie; il sentait partout de la fièvre, il
auscultait partout de la souffrance, et, sans chercher à deviner l'énigme, il tàchait de panser la
plaie. Le redoutable spectacle des choses créées
développait en lui l'attendrissement; il n'était occupé qu'à trouver pour lui-même et à inspirer
aux autres la meilleure manière de plaindre et de
soulager; ce qui existe était pour ce bon et rare
prêtre un sujet permanent de tristesse cherchant
à consoler.

Il y a des hommes qui travaillent à l'extraction

de l'or ; lui, il travaillait à l'extraction de la pitié.
L'universelle misère était sa mine. La douleur partout n'était qu'une occasion de bonté toujours.
Aimez-vous les uns les autres; il déclarait cela
complet, ne souhaitait rien de plus et c'était là
toute sa doctrine. Un jour, cet homme qui se
croyait « philosophe, » ce sénateur, déjà nommé,
dit à l'évêque : — Mais voyez donc le spectacle du
monde ; guerre de tous contre tous ; le plus fort
a le plus d'esprit. Votre *aimez-vous les uns les
autres* est une bêtise. — *Eh bien,* répondit monseigneur Bienvenu sans disputer, *si c'est une bêtise,
l'âme doit s'y enfermer comme la perle dans
l'huître.* Il s'y enfermait donc, il y vivait, il s'en
satisfaisait absolument, laissant de côté les questions prodigieuses qui attirent et qui épouvantent,
les perspectives insondables de l'abstraction, les
précipices de la métaphysique, toutes ces profondeurs convergentes, pour l'apôtre, à Dieu,
pour l'athée, au néant : la destinée, le bien et le
mal, la guerre de l'être contre l'être, la conscience de l'homme, le somnambulisme pensif de
l'animal, la transformation par la mort, la réca-
pitulation d'existences que contient le tombeau, la

greffe incompréhensible des amours successifs sur
le moi persistant, l'essence, la substance. le Nil
et l'Ens, l'âme. la nature, la liberté, la nécessité ; problèmes à pic, épaisseurs sinistres, où se
penchent les gigantesques archanges de l'esprit
humain ; formidables abîmes que Lucrèce, Manou,
saint Paul et Dante contemplent avec cet œil ful-
gurant qui semble, en regardant fixement l'infini, y faire éclore les étoiles.

Monseigneur Bienvenu était simplement un
homme qui constatait du dehors les questions
mystérieuses sans les scruter, sans les agiter, et
sans en troubler son propre esprit ; et qui avait
dans l'âme le grave respect de l'ombre.

LIVRE DEUXIÈME

LA CHUTE

I

LE SOIR D UN JOUR DE MARCHE

Dans les premiers jours du mois d'octobre 1815,
une heure environ avant le coucher du soleil, un
homme qui voyageait à pied entrait dans la petite
ville de D. — Les rares habitants qui se trouvaient,
en ce moment, à leurs fenêtres ou sur le seuil de
leurs maisons, regardaient ce voyageur avec une
sorte d'inquiétude. Il était difficile de rencontrer
un passant d'un aspect plus misérable. C'était un

homme de moyenne taille, trapu et robuste, dans
la force de l'âge. Il pouvait avoir quarante-six ou
quarante-huit ans. Une casquette à visière de
cuir rabattue cachait en partie son visage brûlé
par le soleil et le hâle et ruisselant de sueur. Sa
chemise de grosse toile jaune, rattachée au col par
une petite ancre d'argent, laissait voir sa poitrine
velue; il avait une cravate, tordue en corde, un
pantalon de coutil bleu, usé et râpé, blanc à un
genou, troué à l'autre, une vieille blouse grise en
haillons, rapiécée à l'un des coudes d'un morceau
de drap vert cousu avec de la ficelle, sur le dos un
sac de soldat fort plein, bien bouclé et tout neuf,
à la main un énorme bâton noueux, les pieds sans
bas dans des souliers ferrés, la tête tondue et la
barbe longue.

La sueur, la chaleur, le voyage à pied, la
poussière, ajoutaient je ne sais quoi de sordide à
cet ensemble délabré.-

Les cheveux étaient ras, et pourtant hérissés;
car ils commençaient à pousser un peu et semblaient n'avoir pas été coupés depuis quelque
temps.

Personne ne le connaissait. Ce n'était évidemment qu'un passant. D'où venait-il? Du midi. Des bords de la mer peut-être. Car il faisait son entrée dans D. — par la même rue qui sept mois auparavant avait vu passer l'empereur Napoléon allant de Cannes à Paris. Cet homme avait dû marcher tout le jour. Il paraissait très-fatigué. Des femmes de l'ancien bourg qui est au bas de la ville l'avaient vu s'arrêter sous les arbres du boulevard Gassendi et boire à la fontaine qui est à l'extrémité de la promenade. Il fallait qu'il eût bien soif, car des enfants qui le suivaient le virent encore s'arrêter et boire, deux cents pas plus loin, à la fontaine de la place du marché.

Arrivé au coin de la rue Poichevert, il tourna à gauche et se dirigea vers la mairie. Il y entra; puis sortit un quart d'heure après. Un gendarme était assis près de la porte sur le banc de pierre où le général Drouot monta le 4 mars pour lire à la foule effarée des habitants de D. — la proclamation du golfe Juan. L'homme ôta sa casquette et salua humblement le gendarme.

Le gendarme, sans répondre à son salut, le regarda avec attention, le suivit quelque temps des yeux, puis entra dans la maison de ville.

Il y avait alors à D. — une belle auberge à l'enseigne de *la Croix-de-Colbas*. Cette auberge avait pour hôtelier un nommé Jacquin Labarre, homme considéré dans la ville pour sa parenté avec un autre Labarre, qui tenait à Grenoble l'auberge des *Trois Dauphins* et qui avait servi dans les guides. Lors du débarquement de l'empereur, beaucoup de bruits avaient couru dans le pays sur cette auberge des *Trois Dauphins*. On contait que le général Bertrand, déguisé en charretier, y avait fait de fréquents voyages au mois de janvier, et qu'il y avait distribué des croix d'honneur à des soldats et des poignées de napoléons à des bourgeois. La réalité est que l'empereur, entré dans Grenoble, avait refusé de s'installer à l'hôtel de la préfecture; il avait remercié le maire en disant : *Je vais chez un brave homme que je connais,* et il était allé aux *Trois Dauphins*. Cette gloire du Labarre des *Trois Dauphins* se reflétait à vingt-cinq lieues de distance jusque sur le Labarre de *la Croix-de-Colbas*. On disait de lui dans la ville : *c'est le cousin de celui de Grenoble.*

L'homme se dirigea vers cette auberge qui était la meilleure du pays. Il entra dans la cuisine,

laquelle s'ouvrait de plain-pied sur la rue. Tous
les fourneaux étaient allumés ; un grand feu flam-
bait gaîment dans la cheminée. L'hôte, qui était en
même temps le chef, allait de l'âtre aux casse-
roles, fort occupé et surveillant un excellent dîner
destiné à des rouliers qu'on entendait rire et parler
à grand bruit dans une salle voisine. Quiconque a
voyagé sait que personne ne fait meilleure chère
que les rouliers. Une marmotte grasse, flanquée
de perdrix blanches et de coqs de bruyère, tournait sur une longue broche devant le feu ; sur les
fourneaux cuisaient deux grosses carpes du lac de
Lauzet et une truite du lac d'Alloz.

L'hôte, entendant la porte s'ouvrir et entrer un
nouveau venu, dit sans lever les yeux de ses fourneaux :

— Que veut monsieur?

— Manger et coucher, dit l'homme.

— Rien de plus facile, reprit l'hôte. En ce moment il tourna la tête, embrassa d'un coup d'œil
tout l'ensemble du voyageur, et ajouta : en payant.

L'homme tira une grosse bourse de cuir de la
poche de sa blouse et répondit :

— J'ai de l'argent.

— En ce cas on est à vous, dit l'hôte.

L'homme remit sa bourse en poche, se déchargea de son sac, le posa à terre près de la porte, garda son bâton à la main et alla s'asseoir sur une escabelle basse près du feu. D. — est dans la montagne. Les soirées d'octobre y sont froides.

Cependant, tout en allant et venant, l'hôte considérait le voyageur.

— Dîne-t-on bientôt? dit l'homme.

— Tout à l'heure, dit l'hôte.

Pendant que le nouveau venu se chauffait, le dos tourné, le digne aubergiste Jacquin Labarre tira un crayon de sa poche, puis il déchira le coin d'un vieux journal qui traînait sur une petite table près de la fenêtre. Sur la marge blanche il écrivit une ligne ou deux, plia sans cacheter et remit ce chiffon de papier à un enfant qui paraissait lui servir tout à la fois de marmiton et de laquais. L'aubergiste dit un mot à l'oreille du marmiton, et l'enfant partit en courant dans la direction de la mairie.

Le voyageur n'avait rien vu de tout cela.

Il demanda encore une fois: — Dîne-t-on bientôt?

— Tout à l'heure, dit l'hôte.

L'enfant revint. Il rapportait le papier. L'hôte le déplia avec empressement, comme quelqu'un qui attend une réponse. Il parut lire attentivement, puis hocha la tête et resta un moment pensif. Enfin il fit un pas vers le voyageur qui semblait plongé dans des réflexions peu sereines.

— Monsieur, dit-il, je ne puis vous recevoir.

L'homme se dressa à demi sur son séant.

— Comment? avez-vous peur que je ne paye pas? voulez-vous que je paye d'avance? J'ai de l'argent, vous dis-je.

— Ce n'est pas cela.

— Quoi donc?

— Vous avez de l'argent...

— Oui, dit l'homme.

— Et moi, dit l'hôte, je n'ai pas de chambre.

L'homme reprit tranquillement : — Mettez-moi à l'écurie.

— Je ne puis.

— Pourquoi?

— Les chevaux prennent toute la place.

— Eh bien! repartit l'homme, un coin dans le grenier. Une botte de paille. Nous verrons cela après dîner.

— Je ne puis vous donner à dîner.

Cette déclaration, faite d'un ton mesuré, mais
ferme, parut grave à l'étranger. Il se leva.

— Ah bah! mais je meurs de faim, moi. J'ai
marché dès le soleil levé. J'ai fait douze lieues. Je
paye. Je veux manger.

— Je n'ai rien, dit l'hôte.

L'homme éclata de rire et se tourna vers la
cheminée et les fourneaux : — Rien! et tout
cela?

— Tout cela m'est retenu.

Par qui?

— Par ces messieurs les rouliers.

— Combien sont-ils?

Douze.

— Il y a là à manger pour vingt.

— Ils ont tout retenu et tout payé d'avance.

L'homme se rassit et dit sans hausser la voix :
— Je suis à l'auberge, j'ai faim et je reste.

L'hôte alors se pencha à son oreille, et lui
dit d'un accent qui le fit tressaillir : — Allez-
vous-en.

Le voyageur était courbé en cet instant et poussait quelques braises dans le feu avec le bout ferré·

de son bâton, il se retourna vivement, et, comme il ouvrait la bouche pour répliquer, l'hôte le regarda fixement et ajouta toujours à voix basse : — Tenez, assez de paroles comme cela. Voulez-vous que je vous dise votre nom? Vous vous appelez Jean Valjean. Maintenant voulez-vous que je vous dise qui vous êtes? En vous voyant entrer, je me suis douté de quelque chose, j'ai envoyé à la mairie, et voici ce qu'on m'a répondu. Savez-vous lire?

En parlant ainsi il tendait à l'étranger, tout déplié, le papier qui venait de voyager de l'auberge à la mairie et de la mairie à l'auberge. L'homme y jeta un regard. L'aubergiste reprit après un silence :

— J'ai l'habitude d'être poli avec tout le monde. Allez-vous-en.

L'homme baissa la tête, ramassa le sac qu'il avait déposé à terre, et s'en alla.

Il prit la grande rue. Il marchait devant lui au hasard, rasant de près les maisons comme un homme humilié et triste. Il ne se retourna pas une seule fois. S'il s'était retourné, il aurait vu l'aubergiste de *la Croix-de-Colbas* sur le seuil de sa porte, entouré de tous les voyageurs de son au-

berge et de tous les passants de la rue, parlant
vivement et le désignant du doigt ; et, aux regards
de défiance et d'effroi du groupe, il aurait deviné
qu'avant peu son arrivée serait l'événement de
toute la ville.

Il ne vit rien de tout cela. Les gens accablés ne
regardent pas derrière eux. Ils ne savent que trop
que le mauvais sort les suit.

Il chemina ainsi quelque temps, marchant toujours, allant à l'aventure par des rues qu'il ne
connaissait pas, oubliant la fatigue, comme cela
arrive dans la tristesse. Tout à coup il sentit
vivement la faim. La nuit approchait. Il regarda
autour de lui pour voir s'il ne découvrirait pas
quelque gîte.

La belle hôtellerie s'était fermée pour lui ; il
cherchait quelque cabaret bien humble, quelque
bouge bien pauvre.

Précisément une lumière s'allumait au bout de la
rue ; une branche de pin, pendue à une potence en
fer, se dessinait sur le ciel blanc du crépuscule. Il
y alla.

C'était en effet un cabaret. Le cabaret qui est
dans la rue de Chaffaut.

Le voyageur s'arrêta un moment, et regarda
par la vitre l'intérieur de la salle basse du cabaret,
éclairée par une petite lampe sur une table et par
un grand feu dans la cheminée. Quelques hommes
y buvaient. L'hôte se chauffait. La flamme faisait
bruire une marmite de fer accrochée à une cré-
maillère.

On entre dans ce cabaret, qui est aussi une espèce d'auberge, par deux portes. L'une donne sur
la rue, l'autre s'ouvre sur une petite cour pleine de
fumier.

Le voyageur n'osa pas entrer par la porte de
la rue. Il se glissa dans la cour, s'arrêta encore,
puis leva timidement le loquet et poussa la porte.

— Qui va là ? dit le maître.

Quelqu'un qui voudrait souper et coucher.

— C'est bon. Ici on soupe et on couche.

Il entra. Tous les gens qui buvaient se retour-
nèrent. La lampe l'éclairait d'un côté, le feu de
l'autre. On l'examina quelque temps pendant qu'il
défaisait son sac.

L'hôte lui dit : — Voilà du feu. Le souper
cuit dans la marmite. Venez vous chauffer, cama-
rade.

Il alla s'asseoir près de l'âtre. Il allongea devant le feu ses pieds meurtris par la fatigue ; une bonne odeur sortait de la marmite. Tout ce qu'on pouvait distinguer de son visage sous sa casquette baissée prit une vague apparence de bien-être mêlée à cet autre aspect si poignant que donne l'habitude de la souffrance.

C'était d'ailleurs un profil ferme, énergique et triste. Cette physionomie était étrangement composée ; elle commençait par paraître humble et finissait par sembler sévère. L'œil luisait sous les sourcils comme un feu sous une broussaille.

Cependant un des hommes attablés était un poissonnier qui, avant d'entrer au cabaret de la rue de Chaffaut, était allé mettre son cheval à l'écurie, chez Labarre. Le hasard faisait que le matin même il avait rencontré cet étranger de mauvaise mine, cheminant entre Bras d'Asse et... (j'ai oublié le nom. Je crois que c'est Escoublon). Or, en le rencontrant, l'homme, qui paraissait déjà très-fatigué, lui avait demandé de le prendre en croupe, à quoi le poissonnier n'avait répondu qu'en doublant le pas. Ce poissonnier faisait partie, une demi-heure auparavant, du groupe qui entourait Jacquin Labarre, et lui-même avait raconté sa désagréable rencontre du matin aux gens de *la Croix-de-Colbas*. Il fit de sa place au cabaretier un signe imperceptible. Le cabaretier vint à lui. Ils échangèrent quelques paroles à voix basse. L'homme était retombé dans ses réflexions.

Le cabaretier revint à la cheminée, posa brusquement sa main sur l'épaule de l'homme. et lui dit :

— Tu vas t'en aller d'ici.

L'étranger se retourna et répondit avec douceur : — Ah! vous savez ?...

— Oui.

— On m'a renvoyé de l'autre auberge.

Et l'on te chasse de celle-ci.

— Où voulez-vous que j'aille ?

— Ailleurs.

L'homme prit son bâton et son sac, et s'en alla.

Comme il sortait, quelques enfants qui l'avaient suivi depuis *la Croix-de-Colbas* et qui semblaient l'attendre, lui jetèrent des pierres. Il revint sur ses pas avec colère et les menaça de son bâton ; les enfants se dispersèrent comme une volée d'oiseaux.

Il passa devant la prison. À la porte pendait une chaîne de fer attachée à une cloche. Il sonna.

Un guichet s'ouvrit.

Monsieur le guichetier, dit-il en ôtant respectueusement sa casquette, voudriez-vous bien m'ouvrir et me loger pour cette nuit?

Une voix répondit :

— Une prison n'est pas une auberge. Faites-vous arrêter, on vous ouvrira.

Le guichet se referma.

Il entra dans une petite rue où il y a beaucoup de jardins. Quelques-uns ne sont enclos que de haies, ce qui égaye la rue. Parmi ces jardins et ces haies, il vit une petite maison d'un seul étage dont la fenêtre était éclairée. Il regarda par cette vitre comme il avait fait pour le cabaret. C'était une grande chambre blanchie à la chaux, avec un lit drapé d'indienne imprimée, et un berceau dans un coin, quelques chaises de bois et un fusil à deux coups accroché au mur. Une table était servie au milieu de la chambre. Une lampe de cuivre éclairait la nappe de grosse toile blanche, le broc d'étain luisant comme l'argent et plein de vin et la soupière brune qui fumait. A cette table était assis

un homme d'une quarantaine d'années, à la figure
joyeuse et ouverte, qui faisait sauter un petit enfant sur ses genoux. Près de lui une femme, toute
jeune, allaitait un autre enfant. Le père riait, l'enfant riait, la mère souriait.

L'étranger resta un moment rêveur devant ce
spectacle doux et calmant. Que se passait-il en
lui? Lui seul eût pu le dire. Il est probable qu'il
pensa que cette maison joyeuse serait hospitalière,
et que là où il voyait tant de bonheur, il trouverait
peut-être un peu de pitié.

Il frappa au carreau un petit coup très-faible.

On n'entendit pas.

Il frappa un second coup.

Il entendit la femme qui disait : — Mon homme,
il me semble qu'on frappe.

— Non, répondit le mari.

Il frappa un troisième coup.

Le mari se leva, prit la lampe et alla à la porte
qu'il ouvrit.

C'était un homme de haute taille, demi-paysan,
demi-artisan. Il portait un vaste tablier de cuir qui
montait jusqu'à son épaule gauche et dans lequel
faisaient ventre un marteau, un mouchoir rouge,

une poire à poudre, toutes sortes d'objets que la
ceinture retenait comme dans une poche. Il ren-
versait la tête en arrière; sa chemise largement
ouverte et rabattue montrait son cou de taureau,
blanc et nu. Il avait d'épais sourcils, d'énormes
favoris noirs, les yeux à fleur de tête, le bas du
visage en museau, et sur tout cela cet air d'être
chez soi qui est une chose inexprimable.

— Monsieur, dit le voyageur, pardon. En
payant, pourriez-vous me donner une assiettée de
soupe et un coin pour dormir dans ce hangar qui
est là dans le jardin. Dites, pourriez-vous? en
payant?

— Qui êtes-vous? demanda le maître du logis.

L'homme répondit : — J'arrive de Puy-Mois-
son. J'ai marché toute la journée. J'ai fait douze
lieues. Pourriez-vous? en payant?

— Je ne refuserais pas, dit le paysan, de loger
quelqu'un de bien qui payerait. Mais pourquoi
n'allez-vous pas à l'auberge?

— Il n'y a pas de place.

— Bah! pas possible. Ce n'est pas jour de foire
ni de marché. Êtes-vous allé chez Labarre?

— Oui.

— Eh bien?

Le voyageur répondit avec embarras : — Je ne sais pas, il ne m'a pas reçu.

— Etes-vous allé chez chose, de la rue de Chaffaut?

L'embarras de l'étranger croissait; il balbutia :
— Il ne m'a pas reçu non plus.

Le visage du paysan prit une expression de défiance, il regarda le nouveau venu de la tête aux pieds, et tout à coup il s'écria avec une sorte de frémissement :

— Est-ce que vous seriez l'homme?...

Il jeta un nouveau coup d'œil sur l'étranger, fit trois pas en arrière, posa la lampe sur la table et décrocha son fusil du mur.

Cependant aux paroles du paysan : *est-ce que vous seriez l'homme?...* la femme s'était levée, avait pris ses deux enfants dans ses bras, et s'était réfugiée précipitamment derrière son mari, regardant l'étranger avec épouvante, la gorge nue, les yeux effarés, en murmurant tout bas : *tso-maraude* (*).

(*, Patois des Alpes françaises. *Chat de maraude.*

Tout cela se fit en moins de temps qu'il ne faut pour se le figurer. Après avoir examiné quelques instants l'homme comme on examine une vipère, le maître du logis revint à la porte et dit :

— Va-t'en !

— Par grâce. reprit l'homme, un verre d'eau.

— Un coup de fusil ! dit le paysan.

Puis il referma la porte violemment, et l'homme l'entendit tirer deux gros verrous. Un moment après la fenêtre se ferma au volet, et un bruit de barre de fer qu'on posait parvint au dehors.

La nuit continuait de tomber. Le vent froid des Alpes soufflait. A la lueur du jour expirant, l'étranger aperçut dans un des jardins qui bordent la rue une sorte de hutte qui lui parut maçonnée en mottes de gazon. Il franchit résolûment une barrière de bois et se trouva dans le jardin. Il s'approcha de la hutte ; elle avait pour porte une étroite ouverture très-basse et elle ressemblait à ces constructions que les cantonniers se bâtissent au bord des routes. Il pensa sans doute que c'était en effet le logis d'un cantonnier ; il souffrait du froid et de la faim ; il s'était résigné à la faim, mais c'était du moins là un abri contre le froid.

Ces sortes de logis ne sont habituellement pas occupés la nuit. Il se coucha à plat ventre et se glissa dans la hutte. Il y faisait chaud, et il y trouva un assez bon lit de paille. Il resta un moment étendu sur ce lit, sans pouvoir faire un mouvement tant il était fatigué. Puis, comme son sac sur son dos le gênait et que c'était d'ailleurs un oreiller tout trouvé, il se mit à déboucler une des courroies. En ce moment un grondement farouche se fit entendre. Il leva les yeux. La tête d'un dogue énorme se dessinait dans l'ombre à l'ouverture de la hutte.

C'était la niche d'un chien.

Il était lui-même vigoureux et redoutable; il s'arma de son bâton, il se fit de son sac un bouclier, et sortit de la niche comme il put, non sans élargir les déchirures de ses haillons.

Il sortit également du jardin, mais à reculons, obligé, pour tenir le dogue en respect, d'avoir recours à cette manœuvre du bâton que les maîtres en ce genre d'escrime appellent *la rose couverte.*

Quand il eut, non sans peine, repassé la barrière et qu'il se retrouva dans la rue, seul, sans

gîte, sans toit, sans abri, chassé même de ce lit
de paille et de cette niche misérable, il se laissa
tomber plutôt qu'il ne s'assit sur une pierre, et il
paraît qu'un passant qui traversait l'entendit s'é-
crier : — Je ne suis pas même un chien !

Bientôt il se releva et se remit à marcher. Il
sortit de la ville, espérant trouver quelque arbre
ou quelque meule dans les champs, et s'y abriter.

Il chemina ainsi quelque temps, la tête toujours
baissée. Quand il se sentit loin de toute habitation
humaine, il leva les yeux et chercha autour de lui.
Il était dans un champ ; il avait devant lui une
de ces collines basses couvertes de chaume coupé
ras, qui après la moisson ressemblent à des têtes
tondues.

L'horizon était tout noir; ce n'était pas seulement le sombre de la nuit; c'étaient des nuages
très-bas qui semblaient s'appuyer sur la colline
même et qui montaient, emplissant tout le ciel.
Cependant, comme la lune allait se lever et qu'il
flottait encore au zénith un reste de clarté crépusculaire, ces nuages formaient au haut du ciel une
sorte de voûte blanchâtre d'où tombait sur la terre
une lueur.

La terre était donc plus éclairée que le ciel, ce qui est un effet particulièrement sinistre, et la colline, d'un pauvre et chétif contour, se dessinait vague et blafarde sur l'horizon ténébreux. Tout cet ensemble était hideux, petit, lugubre et borné. Rien dans le champ ni sur la colline qu'un arbre difforme qui se tordait en frissonnant à quelques pas du voyageur.

Cet homme était évidemment très-loin d'avoir de ces délicates habitudes d'intelligence et d'esprit qui font qu'on est sensible aux aspects mystérieux des choses; cependant il y avait dans ce ciel, dans cette colline, dans cette plaine et dans cet arbre, quelque chose de si profondément désolé qu'après un moment d'immobilité et de rêverie, il rebroussa chemin brusquement. Il y a des instants où la nature semble hostile.

Il revint sur ses pas. Les portes de D. — étaient fermées. D. —, qui a soutenu des siéges dans les guerres de religion, était encore entourée en 1815 de vieilles murailles flanquées de tours carrées qu'on a démolies depuis. Il passa par une brèche et rentra dans la ville.

Il pouvait être huit heures du soir. Comme il

ne connaissait pas les rues, il recommença sa promenade à l'aventure.

Il parvint ainsi à la préfecture, puis au séminaire. En passant sur la place de la Cathédrale, il montra le poing à l'église.

Il y a au coin de cette place une imprimerie. C'est là que furent imprimées pour la première fois les proclamations de l'empereur et de la garde impériale à l'armée, apportées de l'île d'Elbe et dictées par Napoléon lui-même.

Épuisé de fatigue et n'espérant plus rien, il se coucha sur le banc de pierre qui est à la porte de cette imprimerie.

Une vieille femme sortait de l'église en ce moment. Elle vit cet homme étendu dans l'ombre.

— Que faites-vous-là, mon ami? dit-elle.

Il répondit durement et avec colère : — Vous le voyez, bonne femme, je me couche.

La bonne femme, bien digne de ce nom en effet, était madame la marquise de R.

— Sur ce banc ? reprit-elle.

—J'ai eu pendant dix-neuf ans un matelas de bois, dit l'homme, j'ai aujourd'hui un matelas de pierre.

— Vous avez été soldat ?

Oui, bonne femme. Soldat.

— Pourquoi n'allez-vous pas à l'auberge ?

— Parce que je n'ai pas d'argent.

- Hélas, dit madame de R., je n'ai dans ma bourse que quatre sous.

— Donnez toujours.

L'homme prit les quatre sous. Madame de R. continua : — Vous ne pouvez vous loger avec si peu dans une auberge. Avez-vous essayé pourtant ? Il est impossible que vous passiez ainsi la nuit. Vous avez sans doute froid et faim. On aurait pu vous loger par charité.

— J'ai frappé à toutes les portes.

— Eh bien ?

— Partout on m'a chassé.

La « bonne femme » toucha le bras de l'homme et lui montra de l'autre côté de la place une petite maison basse à côté de l'évêché.

— Vous avez, reprit-elle, frappé à toutes les portes ?

— Oui.

— Avez-vous frappé à celle-là ?

— Non.

— Frappez-y.

II

LA PRUDENCE CONSEILLÉE A LA SAGESSE

Ce soir-là, M. l'évêque de D. —, après sa promenade en ville, était resté assez tard enfermé
dans sa chambre. Il s'occupait d'un grand travail
sur les *Devoirs*, lequel est malheureusement de-
meuré inachevé. Il dépouillait soigneusement tout
ce que les Pères et les Docteurs ont dit sur cette
grave matière. Son livre était divisé en deux par-
ties, premièrement les devoirs de tous, deuxième-

ment les devoirs de chacun, selon la classe à
laquelle il appartient. Les devoirs de tous sont les
grands devoirs. Il y en a quatre. Saint Matthieu
les indique : devoirs envers Dieu (*Matth.*, VI),
devoirs envers soi-même (*Matth.*, V, 29. 30),
devoirs envers le prochain (*Matth..* VII, 12), devoirs envers les créatures (*Matth.*, VI, 20, 25).
Pour les autres devoirs, l'évêque les avait trouvés
indiqués et prescrits ailleurs, aux souverains et aux
sujets, dans l'Épître aux Romains; aux magistrats,
aux épouses, aux mères et aux jeunes hommes,
par saint Pierre; aux maris, aux pères, aux enfants et aux serviteurs, dans l'Épître aux Éphésiens; aux fidèles, dans l'Épître aux Hébreux; aux
vierges, dans l'Épître aux Corinthiens. Il faisait laborieusement de toutes ces prescriptions un
ensemble harmonieux qu'il voulait présenter aux
âmes.

Il travaillait encore à huit heures, écrivant assez
incommodément sur de petits carrés de papier
avec un gros livre ouvert sur ses genoux, quand
madame Magloire entra, selon son habitude, pour
prendre l'argenterie dans le placard près du lit.
Un moment après, l'évêque. sentant que le cou-

vert était mis et que sa sœur l'attendait peut-être, ferma son livre, se leva de sa table et entra dans la salle à manger.

La salle à manger était une pièce oblongue à cheminée, avec porte sur la rue (nous l'avons dit), et fenêtre sur le jardin.

Madame Magloire achevait en effet de mettre le couvert.

Tout en vaquant au service, elle causait avec mademoiselle Baptistine.

Une lampe était sur la table; la table était près de la cheminée. Un assez bon feu était allumé.

On peut se figurer facilement ces deux femmes qui avaient toutes deux passé soixante ans : madame Magloire petite, grosse, vive; mademoiselle Baptistine douce, mince, frêle, un peu plus grande que son frère, vêtue d'une robe de soie puce, couleur à la mode en 1806, qu'elle avait achetée alors à Paris et qui lui durait encore. Pour emprunter des locutions vulgaires qui ont le mérite de dire avec un seul mot une idée qu'une page suffirait à peine à exprimer, madame Magloire avait l'air d'une *paysanne* et mademoiselle Baptistine d'une *dame*. Madame Magloire avait un

bonnet blanc à tuyaux, au cou une jeannette d'or,
le seul bijou de femme qu'il y eût dans la maison,
un fichu très-blanc sortant d'une robe de bure
noire à manches larges et courtes, un tablier de
toile de coton à carreaux rouges et verts, noué à
la ceinture d'un ruban vert, avec pièce d'estomac
pareille rattachée par deux épingles aux deux
coins d'en haut, aux pieds de gros souliers et des
bas jaunes comme les femmes de Marseille. La
robe de mademoiselle Baptistine était coupée sur
les patrons de 1806, taille courte, fourreau étroit,
manches à épaulettes, avec pattes et boutons. Elle
cachait ses cheveux gris sous une perruque frisée
dite *à l'enfant*. Madame Magloire avait l'air intelligent, vif et bon; les deux angles de sa bouche iné-
galement relevés et la lèvre supérieure plus grosse
que la lèvre inférieure, lui donnaient quelque chose
de bourru et d'impérieux. Tant que monseigneur se
taisait, elle lui parlait résolûment avec un mélange
de respect et de liberté, mais dès que monseigneur
parlait, on a vu cela, elle obéissait passivement
comme mademoiselle. Mademoiselle Baptistine ne
parlait même pas. Elle se bornait à obéir et à
complaire. Même quand elle était jeune, elle n'était

pas jolie ; elle avait de gros yeux bleus à fleur de tête et le nez long et busqué ; mais tout son visage, toute sa personne, nous l'avons dit en commençant, respiraient une ineffable bonté. Elle avait toujours été prédestinée à la mansuétude, mais la foi, la charité, l'espérance, ces trois vertus qui chauffent doucement l'âme, avaient élevé peu à peu cette mansuétude jusqu'à la sainteté. La nature n'en avait fait qu'une brebis, la religion en avait fait un ange. Pauvre sainte fille ! Doux souvenir disparu !

Mademoiselle Baptistine a depuis raconté tant de fois ce qui s'était passé à l'évêché cette soirée-là, que plusieurs personnes qui vivent encore s'en rappellent les moindres détails.

Au moment où M. l'évêque entra, madame Magloire parlait avec quelque vivacité. Elle entretenait *mademoiselle* d'un sujet qui lui était familier et auquel l'évêque était accoutumé. Il s'agissait du loquet de la porte d'entrée.

Il paraît que, tout en allant faire quelques provisions pour le souper, madame Magloire avait entendu dire des choses en divers lieux. On parlait d'un rôdeur de mauvaise mine ; qu'un vagabond

suspect serait arrivé, qu'il devait être quelque
part dans la ville, et qu'il se pourrait qu'il y eût
de méchantes rencontres pour ceux qui s'avise-
raient de rentrer tard chez eux cette nuit-là. Que
la police était bien mal faite du reste, attendu que
M. le préfet et M. le maire ne s'aimaient pas, et
cherchaient à se nuire en faisant arriver des événements. Que c'était donc aux gens sages à faire
la police eux-mêmes et à se bien garder, et qu'il
faudrait avoir soin de dûment clore, verrouiller et
barricader sa maison, *et de bien fermer ses portes.*

Madame Magloire appuya sur ce dernier mot,
mais l'évêque venait de sa chambre où il avait eu
assez froid, il s'était assis devant la cheminée et
se chauffait, et puis il pensait à autre chose. Il ne
releva pas le mot à effet que madame Magloire
venait de laisser tomber. Elle le répéta. Alors,
mademoiselle Baptistine, voulant satisfaire à madame Magloire sans déplaire à son frère, se
hasarda à dire timidement :

— Mon frère, entendez-vous ce que dit madame
Magloire?

— J'en ai entendu vaguement quelque chose,
répondit l'évêque. Puis tournant à demi sa chaise,

mettant ses deux mains sur ses genoux, et levant
vers la vieille servante son visage cordial et facilement joyeux que le feu éclairait d'en bas :

— Voyons. Qu'y a-t-il? qu'y a-t-il? nous sommes
donc dans quelque gros danger?

Alors madame Magloire recommença toute l'histoire, en l'exagérant quelque peu, sans s'en douter.
Il paraîtrait qu'un bohémien, un va-nu-pieds, une
espèce de mendiant dangereux serait en ce moment dans la ville. Il s'était présenté pour loger
chez Jacquin Labarre qui n'avait pas voulu le recevoir. On l'avait vu arriver par le boulevard Gassendi et rôder dans les rues à la brune. Un homme
de sac et de corde avec une figure terrible.

— Vraiment? dit l'évêque.

Ce consentement à l'interroger encouragea madame Magloire; cela lui semblait indiquer que
l'évêque n'était pas loin de s'alarmer; elle poursuivit triomphante :

— Oui, monseigneur. C'est comme cela. Il y
aura quelque malheur cette nuit dans la ville. Tout
le monde le dit. Avec cela que la police est si mal
faite (répétition utile). Vivre dans un pays de
montagnes, et n'avoir pas même de lanternes la

nuit dans les rues! On sort. Des fours, quoi! Et je dis, monseigneur, et mademoiselle que voilà dit comme moi...

— Moi, interrompit la sœur, je ne dis rien. Ce que mon frère fait est bien fait.

Madame Magloire continua comme s'il n'y avait pas eu de protestation :

— Nous disons que cette maison-ci n'est pas sûre du tout, que, si monseigneur le permet, je vais aller dire à Paulin Musebois, le serrurier, qu'il vienne remettre les anciens verrous de la porte; on les a là, c'est une minute; et je dis qu'il faut des verrous, monseigneur, ne serait-ce que pour cette nuit, car je dis qu'une porte qui s'ouvre du dehors avec un loquet, par le premier passant venu, rien n'est plus terrible; avec cela que monseigneur a l'habitude de toujours dire d'entrer et que d'ailleurs, même au milieu de la nuit, ô mon Dieu, on n'a pas besoin d'en demander la permission....

En ce moment on frappa à la porte un coup assez violent.

Entrez, dit l'évêque.

HÉROISME DE L'OBÉISSANCE PASSIVE

La porte s'ouvrit.

Elle s'ouvrit vivement, toute grande, comme si quelqu'un la poussait avec énergie et résolution.

Un homme entra.

Cet homme, nous le connaissons déjà. C'est le voyageur que nous avons vu tout à l'heure errer cherchant un gîte.

Il entra, fit un pas et s'arrèta, laissant la porte ouverte derrière lui. Il avait son sac sur l'épaule, son bâton à la main, une expression rude, hardie, fatiguée et violente dans les yeux. Le feu de la cheminée l'éclairait. Il était hideux. C'était une sinistre apparition.

Madame Magloire n'eut pas même la force de jeter un cri. Elle tressaillit, et resta béante.

Mademoiselle Baptistine se retourna, aperçut l'homme qui entrait et se dressa à demi d'effarement, puis, ramenant peu à peu sa tête vers la cheminée, elle se mit à regarder son frère et son visage redevint profondément calme et serein.

L'évêque fixait sur l'homme un œil tranquille.

Comme il ouvrait la bouche, sans doute pour demander au nouveau venu ce qu'il désirait, l'homme appuya ses deux mains à la fois sur son bâton, promena ses yeux tour à tour sur le vieillard et les femmes et, sans attendre que l'évêque parlât, dit d'une voix haute :

— Voici. Je m'appelle Jean Valjean. Je suis un galérien. J'ai passé dix-neuf ans au bagne. Je suis libéré depuis quatre jours et en route pour Pontarlier qui est ma destination. Quatre jours que je marche depuis Toulon. Aujourd'hui j'ai fait douze lieues à pied. Ce soir en arrivant dans ce pays, j'ai été dans une auberge, on m'a renvoyé à cause de mon passe-port jaune que j'avais montré à la mairie. Il avait fallu. J'ai été à une autre auberge. On m'a dit : va-t-en ! Chez l'un, chez l'autre. Personne n'a voulu de moi. J'ai été à la prison, le guichetier ne m'a pas ouvert. J'ai été dans la niche d'un chien. Ce chien m'a mordu et m'a chassé, comme s'il avait été un homme. On aurait dit qu'il savait qui j'étais. Je m'en suis allé dans les champs pour coucher à la belle étoile. Il n'y avait pas d'étoile. J'ai pensé qu'il pleuvrait, et qu'il n'y avait pas de bon Dieu pour empêcher de pleuvoir, et je suis rentré dans la ville pour y trouver le renfoncement d'une porte. Là, dans la place, j'allais me coucher sur une pierre, une bonne femme m'a montré votre maison et m'a dit : frappe là. J'ai frappé. Qu'est-ce que c'est ici ? êtes-vous une auberge ? J'ai de l'argent, ma masse. Cent neuf francs quinze sous que j'ai gagnés au bagne par mon travail en dix-neuf ans. Je payerai. Qu'est-ce que cela me fait ? j'ai de l'argent. Je suis très-fatigué, douze lieues à pied, j'ai bien faim. Voulez-vous que je reste?

— Madame Magloire, dit l'évêque, vous mettrez un couvert de plus.

L'homme fit trois pas et s'approcha de la lampe qui était sur la table : — Tenez, reprit-il, comme s'il n'avait pas bien compris, ce n'est pas ça. Avez-vous entendu? je suis un galérien. Un forçat. Je viens des galères. — Il tira de sa poche une grande feuille de papier jaune qu'il déplia. — Voilà mon passe-port. Jaune, comme vous voyez. Cela sert à me faire chasser de partout où je vais. Voulez-vous lire? Je sais lire, moi. J'ai appris au bagne. Il y a une école pour ceux qui veulent. Tenez, voilà ce qu'on a mis sur le passe-port : « Jean Valjean, « forçat libéré, natif de ... » cela vous est égal... — « est resté dix-neuf ans au bagne. Cinq ans « pour vol avec effraction. Quatorze ans pour « avoir tenté de s'évader quatre fois. Cet homme « est très-dangereux. » Voilà. Tout le monde m'a jeté dehors. Voulez-vous me recevoir, vous? Est-ce une auberge? voulez-vous me donner à manger et à coucher? avez-vous une écurie?

— Madame Magloire, dit l'évêque, vous mettrez des draps blancs au lit de l'alcôve.

Nous avons déjà expliqué de quelle nature était l'obéissance des deux femmes.

Madame Magloire sortit pour exécuter ces ordres.

L'évêque se tourna vers l'homme :

— Monsieur, asseyez-vous et chauffez-vous. Nous allons souper dans un instant, et l'on fera votre lit pendant que vous souperez.

Ici l'homme comprit tout à fait. L'expression de son visage jusqu'alors sombre et dure s'empreignit de stupéfaction, de doute, de joie, et devint extraordinaire. Il se mit à balbutier comme un homme fou :

— Vrai? quoi? vous me gardez? vous ne me chassez pas? un forçat! vous m'appelez *monsieur!* vous ne me tutoyez pas! Va-t'en, chien! qu'on me dit toujours. Je croyais bien que vous me chasseriez. Aussi j'avais dit tout de suite qui je suis. Oh! la brave femme qui m'a enseigné ici! je vais souper! un lit avec des matelas et des draps! comme tout le monde! un lit! il y a dix-neuf ans que je n'ai couché dans un lit! vous voulez bien que je ne m'en aille pas. Vous êtes de dignes gens. D'ailleurs j'ai de l'argent. Je payerai bien. Pardon, monsieur l'aubergiste, comment vous appelez-vous? je payerai tout ce qu'on voudra. Vous êtes un brave homme. Vous êtes aubergiste, n'est-ce pas?

— Je suis, dit l'évêque, un prêtre qui demeure ici.

— Un prêtre! reprit l'homme. Oh! un brave homme de prêtre! alors vous ne me demandez pas d'argent? le curé, n'est-ce pas? le curé de cette grande église? Tiens! c'est vrai, que je suis bête! je n'avais pas vu votre calotte.

Tout en parlant il avait déposé son sac et son bâton dans un coin, avait remis son passe-port dans sa poche, et s'était assis. Mademoiselle Baptistine le considérait avec douceur. Il continua.

— Vous êtes humain, monsieur le curé, vous n'avez pas de mépris. C'est bien bon un bon prêtre. Alors vous n'avez pas besoin que je paye?

— Non, dit l'évêque, gardez votre argent. Combien avez-vous? ne m'avez-vous pas dit cent neuf francs?

— Quinze sous, ajouta l'homme.

— Cent neuf francs quinze sous. Et combien de temps avez-vous mis à gagner cela?

— Dix-neuf ans.

— Dix-neuf ans!

L'évêque soupira profondément.

L'homme poursuivit : — J'ai encore tout mon argent. Depuis quatre jours je n'ai dépensé que vingt-cinq sous que j'ai gagnés en aidant à décharger des voitures à Grasse. Puisque vous êtes abbé, je vais vous dire, nous avions un aumônier au bagne. Et puis un jour j'ai vu un évêque. Monseigneur qu'on appelle. C'était l'évêque de la Majore, à Marseille. C'est le curé qui est sur les curés. Vous savez, pardon, je dis mal cela, mais pour moi, c'est si loin ! — Vous comprenez, nous autres ! — Il a dit la messe au milieu du bagne, sur un autel, il avait une chose pointue, en or, sur la tête. Au grand jour de midi, cela brillait. Nous étions en rang, des trois côtés, avec les canons, mèche allumée, en face de nous. Nous ne voyions pas bien. Il a parlé, mais il était trop au fond, nous n'entendions pas. Voilà ce que c'est qu'un évêque.

Pendant qu'il parlait, l'évêque était allé pousser la porte qui était restée toute grande ouverte.

Madame Magloire rentra. Elle apportait un couvert qu'elle mit sur la table.

— Madame Magloire, dit l'évêque, mettez ce couvert le plus près possible du feu. — Et se tournant vers son hôte : — Le vent de nuit est dur dans les Alpes. Vous devez avoir froid, monsieur?

Chaque fois qu'il disait ce mot *monsieur* avec sa voix doucement grave et de si bonne compagnie, le visage de l'homme s'illuminait. *Monsieur* à un forçat, c'est un verre d'eau à un naufragé de la Méduse. L'ignominie a soif de considération.

— Voici, reprit l'évêque, une lampe qui éclaire bien mal.

Madame Magloire comprit, et elle alla chercher sur la cheminée de la chambre à coucher de monseigneur les deux chandeliers d'argent qu'elle posa sur la table tout allumés.

— Monsieur le curé, dit l'homme, vous êtes bon, vous ne me méprisez pas. Vous me recevez chez vous. Vous allumez vos cierges pour moi. Je ne vous ai pourtant pas caché d'où je viens et que je suis un homme malheureux.

L'évêque, assis près de lui, lui toucha doucement la main : — Vous pouviez ne pas me dire qui vous étiez. Ce n'est pas ici ma maison, c'est la maison de Jésus-Christ. Cette porte ne demande pas à celui qui entre s'il a un nom, mais s'il a une douleur. Vous souffrez; vous avez faim et soif; soyez le bienvenu. Et ne me remerciez pas, ne me dites pas que je vous reçois chez moi. Personne n'est ici chez soi, excepté celui qui a besoin d'un asile. Je vous le dis à vous qui passez, vous êtes ici chez vous plus que moi-même. Tout ce qui est ici est à vous. Qu'ai-je besoin de savoir votre nom? D'ailleurs, avant que vous me le dissiez, vous en avez un que je savais.

L'homme ouvrit des yeux étonnés :

— Vrai? vous saviez comment je m'appelle?

— Oui, répondit l'évêque, vous vous appelez mon frère.

— Tenez, monsieur le curé! s'écria l'homme, j'avais bien faim en entrant ici, mais vous êtes si bon qu'à présent je ne sais plus ce que j'ai; cela m'a passé.

L'évêque le regarda et lui dit :

— Vous avez bien souffert?

— Oh! la casaque rouge, le boulet au pied, une planche pour dormir, le chaud, le froid, le travail, la chiourme, les coups de bâton, la double chaîne pour rien, le cachot pour un mot, même

malade au lit, la chaîne. Les chiens, les chiens
sont plus heureux! dix-neuf ans! j'en ai quarante-
six. A présent le passe-port jaune. Voilà.

— Oui, reprit l'évêque, vous sortez d'un lieu
de tristesse. Écoutez. Il y aura plus de joie au ciel
pour le visage en larmes d'un pécheur repentant
que pour la robe blanche de cent justes. Si vous
sortez de ce lieu douloureux avec des pensées de
haine et de colère contre les hommes, vous êtes
digne de pitié; si vous en sortez avec des pensées
de bienveillance, de douceur et de paix, vous va-
lez mieux qu'aucun de nous.

Cependant madame Magloire avait servi le souper; une soupe faite avec de l'eau, de l'huile, du
pain et du sel, un peu de lard, un morceau de
viande de mouton, des figues, un fromage frais et
un gros pain de seigle. Elle avait d'elle-même
ajouté à l'ordinaire de M. l'évêque une bouteille de
vieux vin de Mauves.

Le visage de l'évêque prit tout à coup cette
expression de gaîté propre aux natures hospita-
lières : — A table! dit-il vivement, comme il en
avait coutume lorsque quelque étranger soupait
avec lui. Il fit asseoir l'homme à sa droite. Made-

moiselle Baptistine, parfaitement paisible et naturelle, prit place à sa gauche.

L'évêque dit le bénédicité, puis servit lui-même
la soupe, selon son habitude. L'homme se mit à
manger avidement.

Tout à coup l'évêque dit : — Mais il me semble
qu'il manque quelque chose sur cette table.

Madame Magloire, en effet, n'avait mis que les
trois couverts absolument nécessaires. Or, c'était
l'usage de la maison, quand M. l'évêque avait
quelqu'un à souper, de disposer sur la nappe les
six couverts d'argent, étalage innocent. Ce gracieux semblant de luxe était une sorte d'enfantil-
lage plein de charme dans cette maison douce et
sévère qui élevait la pauvreté jusqu'à la dignité.

Madame Magloire comprit l'observation, sortit
sans dire un mot, et un moment après les trois
couverts réclamés par l'évêque brillaient sur la
nappe, symétriquement arrangés devant chacun
des trois convives.

DÉTAILS SUR LES FROMAGERIES DE PONTARLIER

Maintenant, pour donner une idée de ce qui se passa à cette table, nous ne saurions mieux faire que de transcrire ici un passage d'une lettre de mademoiselle Baptistine à madame de Boischevron, où la conversation du forçat et de l'évêque est racontée avec une minutie naïve.

. . . .

« ... Cet homme ne faisait aucune attention à

« personne. Il mangeait avec une voracité d'af-
« famé Cependant après le souper il a dit :

«   Monsieur le curé du bon Dieu, tout ceci
« est encore bien trop bon pour moi, mais je dois
« dire que les rouliers qui n'ont pas voulu me
« laisser manger avec eux font meilleure chère
« que vous.

« Entre nous, l'observation m'a un peu choquée.
« Mon frère a répondu :

« — Ils ont plus de fatigue que moi.

« — Non, a repris cet homme, ils ont plus d'ar-
« gent. Vous êtes pauvre, je vois bien. Vous n'êtes
« peut-être pas même curé. Êtes-vous curé seule-
« ment? Ah! par exemple, si le bon Dieu était
« juste, vous devriez bien être curé.

«   Le bon Dieu est plus que juste, a dit mon
« frère.

« Un moment après il a ajouté :

« — Monsieur Jean Valjean, c'est à Pontarlier
« que vous allez ?

«   Avec itinéraire obligé.

« Je crois bien que c'est comme cela que
« l'homme a dit. Puis il a continué :

«   Il faut que je sois en route demain au

« point du jour. Il fait dur voyager. Si les nuits
« sont froides, les journées sont chaudes.

    « — Vous allez là, a repris mon frère, dans un
« bon pays. A la révolution, ma famille a été
« ruinée, je me suis réfugié en Franche-Comté
« d'abord, et j'y ai vécu quelque temps du travail
« de mes bras. J'avais de la bonne volonté. J'ai
« trouvé à m'y occuper. On n'a qu'à choisir. Il y
« a des papeteries, des tanneries, des distilleries,
« des huileries, des fabriques d'horlogerie en
« grand, des fabriques d'acier, des fabriques de
« cuivre, au moins vingt usines de fer, dont quatre
« à Lods, à Châtillon, à Audincourt et à Beure qui
« sont très-considérables...

    « Je crois ne pas me tromper et que ce sont bien
« là les noms que mon frère a cités, puis il s'est
« interrompu et m'a adressé la parole :

    « — Chère sœur, n'avons-nous pas des parents
« dans ce pays-là ?

    « J'ai répondu :

    « — Nous en avions, entre autres monsieur de
« Lucenet qui était capitaine des portes à Pontar-
« lier dans l'ancien régime.

    « — Oui, a repris mon frère, mais en 93, on

« n'avait plus de parents, on n'avait que ses bras.
« J'ai travaillé. Ils ont dans le pays de Pontarlier,
« où vous allez, monsieur Valjean, une indus-
« trie toute patriarcale et toute charmante, ma
« sœur. Ce sont leurs fromageries qu'ils appellent
« fruitières.

« Alors mon frère, tout en faisant manger cet
« homme, lui a expliqué très en détail ce que c'é-
« tait que les fruitières de Pontarlier ; — qu'on en
« distinguait deux sortes : — les *grosses granges,*
« qui sont aux riches et où il y a quarante ou
« cinquante vaches, lesquelles produisent sept à
« huit milliers de fromages par été ; les *fruitières*
« *d'association,* qui sont aux pauvres ; ce sont les
« paysans de la moyenne montagne qui mettent
« leurs vaches en commun et partagent les pro-
« duits. — Ils prennent à leurs gages un fromager
« qu'ils appellent le *grurin ;* — le grurin reçoit le
« lait des associés trois fois par jour et marque les
« quantités sur une taille double ; — c'est vers la
« fin d'avril que le travail des fromageries com-
« mence ; — c'est vers la mi-juin que les froma-
« gers conduisent leurs vaches dans la montagne.

« L'homme se ranimait tout en mangeant. Mon

« frère lui faisait boire de ce bon vin de Mauves
« dont il ne boit pas lui-même, parce qu'il dit que
« c'est du vin cher. Mon frère lui disait tous ces
« détails avec cette gaîté aisée que vous lui con-
« naissez, entremêlant ses paroles de façons gra-
« cieuses pour moi. Il est beaucoup revenu sur
« ce bon état de grurin comme s'il eût souhaité
« que cet homme comprît, sans le lui conseiller
« directement et durement, que ce serait un asile
« pour lui. Une chose m'a frappée. Cet homme
« était ce que je vous ai dit. Eh bien ! mon
« frère, pendant tout le souper, ni de toute la
« soirée, à l'exception de quelques paroles sur
« Jésus quand il est entré, n'a pas dit un mot qui
« pût rappeler à. cet homme qui il était ni ap-
« prendre à cet homme qui était mon frère.
« C'était bien une occasion en apparence de
« faire un peu de sermon et d'appuyer l'évêque
« sur le galérien pour laisser la marque du pas-
« sage. Il eût paru peut-être à un autre que
« c'était le cas, ayant ce malheureux sous la main,
« de lui nourrir l'âme en même temps que le
« corps et de lui faire quelque reproche assai-
« sonné de morale et de conseil, ou bien un peu

« de commisération avec exhortation de se mieux
« conduire à l'avenir. Mon frère ne lui a même
« pas demandé de quel pays il était, ni son his-
« toire. Car dans son histoire il y a sa faute, et
« mon frère semblait éviter tout ce qui pouvait
« l'en faire souvenir. C'est au point qu'à un certain
« moment, comme mon frère parlait des monta-
« gnards de Pontarlier qui ont *un doux travail*
« *près du ciel et qui*, ajoutait-il, *sont heureux*
« *parce qu'ils sont innocents*, il s'est arrêté court,
« craignant qu'il n'y eût dans ce mot qui lui échap-
« pait quelque chose qui pût froisser l'homme.
« A force d'y réfléchir, je crois avoir compris ce
« qui se passait dans le cœur de mon frère. Il
« pensait sans doute que cet homme qui s'appelle
« Jean Valjean n'avait que trop sa misère pré-
« sente à l'esprit, que le mieux était de l'en dis-
« traire, et de lui faire croire, ne fût-ce qu'un
« moment, qu'il était une personne comme une
« autre, en étant pour lui tout ordinaire. N'est-
« ce pas là en effet bien entendre la charité ?
« N'y a-t-il pas, bonne madame, quelque chose
« de vraiment évangélique dans cette délicatesse
« qui s'abstient de sermon, de morale et d'al-

« lusion, et la meilleure pitié, quand un homme
« a un point douloureux , n'est-ce pas , de
« n'y pas toucher du tout ? Il m'a semblé que
« ce pouvait être là la pensée intérieure de mon
« frère. Dans tous les cas , ce que je puis
« dire. c'est que, s'il a eu toutes ces idées, il
« n'en a rien marqué, même pour moi ; il a
« été d'un bout à l'autre le même homme que
« tous les soirs, et il a soupé avec ce Jean
« Valjean du même air et de la même façon
« qu'il aurait soupé avec monsieur Gédéon le
« Prévost ou avec monsieur le curé de la pa-
« roisse.

« Vers la fin, comme nous étions aux figues, on
« a cogné à la porte. C'était la mère Gerbaud avec
« son petit dans ses bras. Mon frère a baisé l'en-
« fant au front, et m'a emprunté quinze sous que
« j'avais sur moi pour les donner à la mère Ger-
« baud. L'homme pendant ce temps-là ne faisait
« pas grande attention. Il ne parlait plus et pa-
« raissait très-fatigué. La pauvre vieille Gerbaud
« partie, mon frère a dit les grâces, puis il s'est
« tourné vers cet homme, et il lui a dit : vous devez
« avoir bien besoin de votre lit. Madame Magloire

I   13

« a enlevé le couvert bien vite. J'ai compris qu'il
« fallait nous retirer pour laisser dormir ce voya-
« geur, et nous sommes montées toutes les deux.
« J'ai cependant envoyé madame Magloire un in-
« stant après porter sur le lit de cet homme une
« peau de chevreuil de la Forêt-Noire qui est dans
« ma chambre. Les nuits sont glaciales, et cela
« tient chaud. C'est dommage que cette peau soit
« vieille ; tout le poil s'en va. Mon frère l'a achetée
« du temps qu'il était en Allemagne, à Tottlingen,
« près des sources du Danube. ainsi que le petit
« couteau à manche d'ivoire dont je me sers à
« table.

« Madame Magloire est remontée presque tout
« de suite, nous nous sommes mises à prier Dieu
« dans le salon où l'on étend le linge, et puis nous
« sommes rentrées chacune dans notre chambre
« sans nous rien dire. »

V

TRANQUILLITÉ

Après avoir donné le bonsoir à sa sœur, monseigneur Bienvenu prit sur la table un des deux
flambeaux d'argent, remit l'autre à son hôte, et lui
dit : ,

— Monsieur, je vais vous conduire à votre
chambre.

L'homme le suivit.

Comme on a pu le remarquer dans ce qui a été

dit plus haut, le logis était distribué de telle sorte
que, pour passer dans l'oratoire où était l'alcôve ou
pour en sortir, il fallait traverser la chambre à coucher de l'évêque.

Au moment où il traversait cette chambre, madame Magloire serrait l'argenterie dans le placard
qui était au chevet du lit. C'était le dernier soin
qu'elle prenait chaque soir avant de s'aller coucher.

L'évêque installa son hôte dans l'alcôve. Un lit
blanc et frais y était dressé. L'homme posa le
flambeau sur une petite table.

— Allons, dit l'évêque, faites une bonne nuit.
Demain matin, avant de partir, vous boirez une
tasse de lait de nos vaches, tout chaud.

— Merci, monsieur l'abbé, dit l'homme.

A peine eut-il prononcé ces paroles pleines de
paix que, tout à coup et sans transition, il eut un
mouvement étrange et qui eût glacé d'épouvante
les deux saintes filles, si elles en eussent été témoins. Aujourd'hui même il nous est difficile de
nous rendre compte de ce qui le poussait en ce
moment. Voulait-il donner un avertissement ou
jeter une menace? Obéissait-il simplement à une
sorte d'impulsion instinctive et obscure pour lui-

même? Il se tourna brusquement vers le vieillard, croisa les bras, et, fixant sur son hôte un regard sauvage, il s'écria d'une voix rauque :

— Ah çà! décidément! vous me logez chez vous, près de vous comme cela!

Il s'interrompit et ajouta avec un rire où il y avait quelque chose de monstrueux :

— Avez-vous bien fait toutes vos réflexions? Qui est-ce qui vous dit que je n'ai pas assassiné?

L'évêque répondit :

— Cela regarde le bon Dieu.

Puis, gravement et remuant les lèvres comme quelqu'un qui prie ou qui se parle à lui-même, il dressa les deux doigts de sa main droite et bénit l'homme qui ne se courba pas, et, sans tourner la tête, et sans regarder derrière lui, il rentra dans sa chambre.

Quand l'alcôve était habitée, un grand rideau de serge tiré de part en part dans l'oratoire cachait l'autel. L'évêque s'agenouilla en passant devant ce rideau et fit une courte prière.

Un moment après, il était dans son jardin, marchant, rêvant, contemplant, l'âme et la pensée

tout entières à ces grandes choses mystérieuses
que Dieu montre la nuit aux yeux qui restent ouverts.

Quant à l'homme, il était vraiment si fatigué
qu'il n'avait même pas profité de ces bons draps
blancs. Il avait soufflé sa bougie avec sa narine à
la manière des forçats et s'était laissé tomber tout
habillé sur le lit, où il s'était tout de suite profondément endormi.

Minuit sonnait comme l'évêque rentrait de son
jardin dans son appartement.

Quelques minutes après, tout dormait dans la
petite maison.

VI

JEAN VALJEAN

Vers le milieu de la nuit, Jean Valjean se réveilla.

Jean Valjean était d'une pauvre famille de
paysans de la Brie. Dans son enfance, il n'avait
pas appris à lire. Quand il eut l'âge d'homme, il
était émondeur à Faverolles. Sa mère s'appelait
Jeanne Mathieu ; son père s'appelait Jean Valjean
ou Vlajean, sobriquet probablement, et contraction
de *voilà Jean.*

Jean Valjean était d'un caractère pensif sans être triste, ce qui est le propre des natures affectueuses. Somme toute, pourtant, c'était quelque chose d'assez endormi et d'assez insignifiant, en apparence du moins, que Jean Valjean. Il avait perdu en très-bas âge son père et sa mère. Sa mère était morte d'une fièvre de lait mal soignée. Son père, émondeur comme lui, s'était tué en tombant d'un arbre. Il n'était resté à Jean Valjean qu'une sœur plus âgée que lui, veuve, avec sept enfants, filles et garçons. Cette sœur avait élevé Jean Valjean, et tant qu'elle eut son mari elle logea et nourrit son jeune frère. Le mari mourut. L'aîné des sept enfants avait huit ans, le dernier un an. Jean Valjean venait d'atteindre, lui, sa vingt-cinquième année. Il remplaça le père, et soutint à son tour sa sœur qui l'avait élevé. Cela se fit simplement, comme un devoir, même avec quelque chose de bourru de la part de Jean Valjean. Sa jeunesse se dépensait ainsi dans un travail rude et mal payé. On ne lui avait jamais connu de « bonne amie » dans le pays. Il n'avait pas eu le temps d'être amoureux.

Le soir il rentrait fatigué et mangeait sa soupe,

sans dire un mot. Sa sœur, mère Jeanne, pendant
qu'il mangeait, lui prenait souvent dans son écuelle
le meilleur de son repas, le morceau de viande,
la tranche de lard, le cœur de chou, pour le donner à quelqu'un de ses enfants ; lui, mangeant toujours, penché sur la table, presque la tête dans sa
soupe, ses longs cheveux tombant autour de son
écuelle et cachant ses yeux, avait l'air de ne rien
voir et laissait faire. Il y avait à Faverolles, pas
loin de la chaumière Valjean, de l'autre côté de la
ruelle, une fermière appelée Marie-Claude ; les
enfants Valjean, habituellement affamés, allaient
quelquefois emprunter au nom de leur mère une
pinte de lait à Marie-Claude, qu'ils buvaient derrière une haie ou dans quelque coin d'allée, s'ar-
rachant le pot, et si hâtivement que les petites
filles s'en répandaient sur leur tablier et dans leur
goulotte ; la mère, si elle eût su cette maraude, eût
sévèrement corrigé les délinquants. Jean Valjean,
brusque et bougon, payait, en arrière de la mère,
la pinte de lait à Marie-Claude, et les enfants
n'étaient pas punis.

Il gagnait dans la saison de l'émondage dix-
huit sous par jour, puis il se louait comme mois-

sonneur, comme manœuvre, comme garçon de
ferme-bouvier, comme homme de peine. Il faisait
ce qu'il pouvait. Sa sœur travaillait de son côté,
mais que faire avec sept petits enfants? C'était un
triste groupe que la misère enveloppa et étreignit
peu à peu. Il arriva qu'un hiver fut rude. Jean
n'eut pas d'ouvrage. La famille n'eut pas de pain.
Pas de pain. A la lettre. Sept enfants.

Un dimanche soir, Maubert Isabeau, boulanger
sur la place de l'Église, à Faverolles, se disposait
à se coucher, lorsqu'il entendit un coup violent
dans la devanture grillée et vitrée de sa boutique.
Il arriva à temps pour voir un bras passé à travers
un trou fait d'un coup de poing dans la grille et
dans la vitre. Le bras saisit un pain et l'emporta.
Isabeau sortit en hâte; le voleur s'enfuyait à toutes
jambes; Isabeau courut après lui et l'arrêta. Le
voleur avait jeté le pain, mais il avait encore le
bras ensanglanté. C'était Jean Valjean.

Ceci se passait en 1795. Jean Valjean fut traduit devant les tribunaux du temps « pour vol avec
« effraction la nuit dans une maison habitée. » Il
avait un fusil dont il se servait mieux que tireur
au monde, il était quelque peu braconnier; ce qui

lui nuisit. Il y a contre les braconniers un préjugé
légitime. Le braconnier, de même que le contre-
bandier, côtoie de fort près le brigand. Pourtant,
disons-le en passant, il y a encore un abîme entre
ces races d'hommes et le hideux assassin des
villes. Le braconnier vit dans la forêt; le contre-
bandier vit dans la montagne ou sur la mer. Les
villes font des hommes féroces, parce qu'elles font
des hommes corrompus. La montagne, la mer, la
forêt, font des hommes saûvages; elles développent
le côté farouche, mais souvent sans détruire le
côté humain.

Jean Valjean fut déclaré coupable. Les termes
du Code étaient formels. Il y a dans notre civilisation des heures redoutables; ce sont les moments
où la pénalité prononce un naufrage. Quelle minute
funèbre que celle où la société s'éloigne et con-
somme l'irréparable abandon d'un être pensant!
Jean Valjean fut condamné à cinq ans de galères.

Le 22 avril 1796, on cria dans Paris la victoire
de Montenotte remportée par le général en chef
de l'armée d'Italie, que le message du Directoire
aux Cinq Cents, du 2 floréal an IV, appelle Buonaparte; ce même jour une grande chaîne fut ferrée

à Bicêtre. Jean Valjean fit partie de cette chaîne.
Un ancien guichetier de la prison, qui a près de
quatre-vingt-dix ans aujourd'hui, se souvient encore parfaitement de ce malheureux qui fut ferré
à l'extrémité du quatrième cordon dans l'angle
nord de la cour. Il était assis à terre comme tous
les autres. Il paraissait ne rien comprendre à sa
position, sinon qu'elle était horrible. Il est probable
qu'il y démêlait aussi, à travers les vagues idées
d'un pauvre homme ignorant de tout, quelque
chose d'excessif. Pendant qu'on rivait à grands
coups de marteau derrière sa tête le boulon de son
carcan, il pleurait, les larmes l'étouffaient, elles
l'empêchaient de parler, il parvenait seulement à
dire de temps en temps : *J'étais émondeur à Faverolles.* Puis, tout en sanglotant, il élevait sa main
droite et l'abaissait graduellement sept fois comme
s'il touchait successivement sept têtes inégales, et à
ce geste on devinait que la chose quelconque qu'il
avait faite, il l'avait faite pour vêtir et nourrir sept
petits enfants.

Il partit pour Toulon. Il y arriva après un
voyage de vingt-sept jours, sur une charrette, la
chaîne au cou. A Toulon, il fut revêtu de la ca-

saque rouge. Tout s'effaça de ce qui avait été.
sa vie, jusqu'à son nom; il ne fut même plus Jean
Valjean; il fut le numéro 24601. Que devint la
sœur? que devinrent les sept enfants? Qui est-ce
qui s'occupe de cela? Que devient la poignée de
feuilles du jeune arbre scié par le pied?

C'est toujours la même histoire. Ces pauvres
êtres vivants, ces créatures de Dieu, sans appui
désormais, sans guide, sans asile, s'en allèrent au
hasard, qui sait même? chacun de leur côté peut-
être, et s'enfoncèrent peu à peu dans cette froide
brume où s'engloutissent les destinées solitaires,
mornes ténèbres où disparaissent successivement
tant de têtes infortunées dans la sombre marche
du genre humain. Ils quittèrent le pays. Le clocher
de ce qui avait été leur village les oublia; la borne
de ce qui avait été leur champ les oublia; après
quelques années de séjour au bagne, Jean Valjean
lui-même les oublia. Dans ce cœur où il y avait eu
une plaie, il y eut une cicatrice. Voilà tout. A peine,
pendant tout le temps qu'il passa à Toulon, en-
tendit-il parler une seule fois de sa sœur. C'était,
je crois, vers la fin de la quatrième année de sa
captivité. Je ne sais plus par quelle voie ce rensei-

gnement lui parvint. Quelqu'un, qui les avait
connus au pays, avait vu sa sœur. Elle était à
Paris. Elle habitait une pauvre rue près Saint-Sul-
pice, la rue du Geindre. Elle n'avait plus avec elle
qu'un enfant, un petit garçon, le dernier. Où
étaient les six autres? Elle ne le savait peut-être
pas elle-même. Tous les matins elle allait à une
imprimerie rue du Sabot, n° 3, où elle était plieuse
et brocheuse. Il fallait être là à six heures du matin,
bien avant le jour, l'hiver. Dans la maison de
l'imprimerie il y avait une école, elle menait à cette
école son petit garçon qui avait sept ans. Seulement, comme elle entrait à l'imprimerie à six
heures et que l'école n'ouvrait qu'à sept heures, il
fallait que l'enfant attendît dans la cour que l'école
ouvrît, une heure; l'hiver, une heure de nuit, en
plein air. On ne voulait pas que l'enfant entrât
dans l'imprimerie, parce qu'il gênait, disait-on.
Les ouvriers voyaient le matin en passant ce pauvre
petit être assis sur le pavé, tombant de sommeil,
et souvent endormi dans l'ombre, accroupi et plié
sur son panier. Quand il pleuvait, une vieille femme,
la portière, en avait pitié; elle le recueillait dans son
bouge où il n'y avait qu'un grabat, un rouet et

deux chaises de bois, et le petit dormait là dans
un coin, se serrant contre le chat pour avoir moins
froid. A sept heures l'école ouvrait et il y entrait.
Voilà ce qu'on dit à Jean Valjean. On l'en entre-
tint un jour, ce fut un moment, un éclair, comme
une fenêtre brusquement ouverte sur la destinée
de ces êtres qu'il avait aimés, puis tout se referma; il n'en entendit plus parler, et ce fut pour
jamais. Plus rien n'arriva d'eux à lui; jamais il ne
les revit, jamais il ne les rencontra. et, dans la suite
de cette douloureuse histoire, on ne les retrouvera
plus.

Vers la fin de cette quatrième année, le tour
d'évasion de Jean Valjean arriva. Ses camarades
l'aidèrent comme cela se fait dans ce triste lieu. Il
s'évada. Il erra deux jours en liberté dans les
champs; si c'est être libre que d'être traqué; de
tourner la tête à chaque instant; de tressaillir au
moindre bruit; d'avoir peur de tout, du toit qui
fume, de l'homme qui passe, du chien qui aboie,
du cheval qui galope, de l'heure qui sonne, du
jour parce qu'on voit, de la nuit parce qu'on ne
voit pas, de la route, du sentier, du buisson, du
sommeil. Le soir du second jour, il fut repris. Il

n'avait ni mangé ni dormi depuis trente-six heures. Le tribunal maritime le condamna pour ce délit à une prolongation de trois ans, ce qui lui fit huit ans. La sixième année, ce fut encore son tour de s'évader; il en usa, mais il ne put consommer sa fuite. Il avait manqué à l'appel. On tira le coup de canon, et à la nuit les gens de ronde le trouvèrent caché sous la quille d'un vaisseau en construction; il résista aux garde-chiourme qui le saisirent. Évasion et rébellion. Ce fait prévu par le code spécial fut puni d'une aggravation de cinq ans, dont deux ans de double chaîne. Treize ans. La dixième année, son tour revint, il en profita encore. Il ne réussit pas mieux. Trois ans pour cette nouvelle tentative. Seize ans. Enfin, ce fut, je crois, pendant la treizième année qu'il essaya une dernière fois et ne réussit qu'à se faire reprendre après quatre heures d'absence. Trois ans pour ces quatre heures. Dix-neuf ans. En octobre 1815 il fut libéré, il était entré là en 1796 pour avoir cassé un carreau et pris un pain.

Place pour une courte parenthèse. C'est la seconde fois que, dans ses études sur la question pénale et sur la damnation par la loi, l'auteur de

ce livre rencontre le vol d'un pain, comme point
de départ du désastre d'une destinée. Claude
Gueux avait volé un pain; Jean Valjean avait volé
un pain; une statistique anglaise constate qu'à
Londres quatre vols sur cinq ont pour cause immé-
diate la faim.

Jean Valjean était entré au bagne sanglotant et
frémissant; il en sortit impassible. Il y était entré
désespéré; il en sortit sombre.

Que s'était-il passé dans cette âme?

VII

LE DEDANS DU DÉSESPOIR

Essayons de le dire.

Il faut bien que la société regarde ces choses, puisque c'est elle qui les fait.

C'était, nous l'avons dit, un ignorant ; mais ce n'était pas un imbécile. La lumière naturelle était allumée en lui. Le malheur, qui a aussi sa clarté, augmenta le peu de jour qu'il y avait dans

cet esprit. Sous le bâton, sous la chaîne, au cachot, à la fatigue, sous l'ardent soleil du bagne,
sur le lit de planches des forçats, il se replia en sa
conscience et réfléchit.

Il se constitua tribunal.

Il commença par se juger lui-même.

Il reconnut qu'il n'était pas un innocent injus-
tement puni. Il s'avoua qu'il avait commis une
action extrême et blâmable ; qu'on ne lui eût peut-
être pas refusé ce pain, s'il l'avait demandé ; que
dans tous les cas il eût mieux valu l'attendre, soit
de la pitié, soit du travail ; que ce n'est pas tout à
fait une raison sans réplique de dire : peut-on
attendre quand on a faim ? Que d'abord il est
très-rare qu'on meure littéralement de faim ; ensuite que, malheureusement ou heureusement,
l'homme est ainsi fait qu'il peut souffrir longtemps
et beaucoup, moralement et physiquement, sans
mourir ; qu'il fallait donc de la patience ; que cela
eût mieux valu même pour ces pauvres petits enfants ; que c'était un acte de folie, à lui, malheureux homme chétif, de prendre violemment au
collet la société tout entière et de se figurer qu'on
sort de la misère par le vol ; que c'était, dans tous

les cas, une mauvaise porte pour sortir de la misère que celle par où l'on entre dans l'infamie;
enfin qu'il avait eu tort.

Puis il se demanda :

S'il était le seul qui avait eu tort dans sa fatale
histoire? Si d'abord ce n'était pas une chose grave
qu'il eût, lui travailleur, manqué de travail, lui
laborieux, manqué de pain. Si, ensuite, la faute
commise et avouée, le châtiment n'avait pas été
féroce et outré. S'il n'y avait pas plus d'abus de
la part de la loi dans la peine qu'il n'y avait eu
d'abus de la part du coupable dans la faute. S'il
n'y avait pas excès de poids dans un des plateaux
de la balance, celui où est l'expiation. Si la sur-
charge de la peine n'était point l'effacement du
délit, et n'arrivait pas à ce résultat de retourner
la situation, de remplacer la faute du délinquant
par la faute de la répression, de faire du coupable la victime et du débiteur le créancier, et de
mettre définitivement le droit du côté de celui-là
même qui l'avait violé. Si cette peine, compliquée
des aggravations successives pour les tentatives
d'évasion, ne finissait pas par être une sorte d'at-
tentat du plus fort sur le plus faible, un crime de

la société sur l'individu, un crime qui recommençait
tous les jours, un crime qui durait dix-neuf ans.

Il se demanda si la société humaine pouvait
avoir le droit de faire également subir à ses
membres, dans un cas son imprévoyance dérai-
sonnable, et dans l'autre cas sa prévoyance impitoyable ; et de saisir à jamais un pauvre homme
entre un défaut et un excès, défaut de travail,
excès de châtiment.

S'il n'était pas exorbitant que la société traitât
ainsi précisément ses membres les plus mal dotés
dans la répartition de biens que fait le hasard, et
par conséquent les plus dignes de ménagements.

Ces questions faites et résolues, il jugea la
société et la condamna.

Il la condamna à sa haine.

Il la fit responsable du sort qu'il subissait et se
dit qu'il n'hésiterait peut-être pas à lui en demander compte un jour. Il se déclara à lui-même
qu'il n'y avait pas équilibre entre le dommage
qu'il avait causé et le dommage qu'on lui causait ;
il conclut enfin que son châtiment n'était pas, à la
vérité, une injustice, mais qu'à coup sûr c'était
une iniquité.

La colère peut être folle et absurde ; on peut être irrité à tort ; on n'est indigné que lorsqu'on a raison au fond par quelque côté. Jean Valjean se sentait indigné.

Et puis, la société humaine ne lui avait fait que du mal, jamais il n'avait vu d'elle que ce visage courroucé, qu'elle appelle sa Justice et qu'elle montre à ceux qu'elle frappe. Les hommes ne l'avaient touché que pour le meurtrir. Tout contact avec eux lui avait été un coup. Jamais, depuis son enfance, depuis sa mère, depuis sa sœur, jamais il n'avait rencontré une parole amie et un regard bienveillant. De souffrance en souffrance il arriva peu à peu à cette conviction que la vie était une guerre ; et que dans cette guerre il était le vaincu. Il n'avait d'autre arme que sa haine. Il résolut de l'aiguiser au bagne et de l'emporter en s'en allant.

Il y avait à Toulon une école pour la chiourme tenue par des frères ignorantins où l'on enseignait le plus nécessaire à ceux de ces malheureux qui avaient de la bonne volonté. Il fut du nombre des hommes de bonne volonté. Il alla à l'école à quarante ans, et apprit à lire, à écrire, à compter.

Il sentit que fortifier son intelligence, c'était fortifier sa haine. Dans de certains cas, l'instruc-
tion et la lumière peuvent servir de rallonge au
mal.

Cela est triste à dire : après avoir jugé la
société qui avait fait son malheur, il jugea la providence qui avait fait la société, et il la condamna
aussi.

Ainsi, pendant ces dix-neuf ans de torture et
d'esclavage, cette âme monta et tomba en même
temps. Il y entra de la lumière d'un côté et des
ténèbres de l'autre.

Jean Valjean n'était pas. on l'a vu, d'une nature mauvaise. Il était encore bon lorsqu'il arriva
au bagne. Il y condamna la société et sentit qu'il
devenait méchant ; il y condamna la providence et
sentit qu'il devenait impie.

Ici il est difficile de ne pas méditer un instant.

La nature humaine se transforme-t-elle ainsi
de fond en comble et tout à fait ? L'homme créé
bon par Dieu peut-il être fait méchant par
l'homme ? L'âme peut-elle être refaite tout d'une
pièce par la destinée, et devenir mauvaise, la destinée étant mauvaise ? Le cœur peut-il devenir

difforme et contracter des laideurs et des infirmités
incurables sous la pression d'un malheur dispro-
portionné, comme la colonne vertébrale sous une
voûte trop basse ? N'y a-t-il pas dans toute
âme humaine, n'y avait-il pas dans l'âme de
Jean Valjean en particulier, une première étin-
celle, un élément divin, incorruptible dans ce
monde, immortel dans l'autre, que le bien peut
développer, attiser, allumer et faire rayonner
splendidement, et que le mal ne peut jamais entièrement éteindre ?

Questions graves et obscures, à la dernière des-
quelles tout physiologiste eût probablement répondu *non*, et sans hésiter, s'il eût vu à Toulon,
aux heures de repos qui étaient pour Jean Valjean
des heures de rêverie, assis, les bras croisés, sur
la barre de quelque cabestan, le bout de sa chaîne
enfoncé dans sa poche pour l'empêcher de traîner,
ce galérien morne, sérieux, silencieux et pensif,
paria des lois qui regardait l'homme avec colère,
damné de la civilisation qui regardait le ciel avec
sévérité.

Certes, et nous ne voulons pas le dissimuler,
le physiologiste observateur eût vu là une misère

irrémédiable ; il eût plaint peut-être ce malade
du fait de la loi, mais il n'eût pas même essayé
de traitement ; il eût détourné le regard des cavernes qu'il aurait entrevues dans cette âme ;
et, comme Dante de la porte de l'enfer, il eût
effacé de cette existence le mot que le doigt de
Dieu a pourtant écrit sur le front de tout homme :
Espérance !

Cet état de son âme que nous avons tenté d'ana-
lyser était-il aussi parfaitement clair pour Jean
Valjean que nous avons essayé de le rendre pour
ceux qui nous lisent? Jean Valjean voyait-il distinctement après leur formation et avait-il vu distinctement à mesure qu'ils se formaient, tous les
éléments dont se composait sa misère morale? Cet
homme rude et illettré s'était-il bien nettement
rendu compte de la succession d'idées par laquelle
il était, degré à degré, monté et descendu jusqu'aux lugubres aspects qui étaient depuis tant
d'années déjà l'horizon intérieur de son esprit?
Avait-il bien conscience de tout ce qui s'était passé
en lui et de tout ce qui s'y remuait? C'est ce que
nous n'oserions dire ; c'est même ce que nous ne
croyons pas. Il y avait trop d'ignorance dans Jean

Valjean pour que, même après tant de malheur, il n'y restât pas beaucoup de vague. Par moments il ne savait pas même bien au juste ce qu'il éprouvait. Jean Valjean était dans les ténèbres; il souffrait dans les ténèbres; il haïssait dans les ténèbres; on eût pu dire qu'il haïssait devant lui. Il vivait habituellement dans cette ombre, tâtonnant comme un aveugle et comme un rêveur. Seulement, par intervalles, il lui venait tout à coup, de lui-même et du dehors, une secousse de colère, un surcroît de souffrance, un pâle et rapide éclair qui illuminait toute son âme, et faisait brusquement apparaître partout autour de lui, en avant et en arrière, aux lueurs d'une lumière affreuse, les hideux précipices et les sombres perspectives de sa destinée.

L'éclair passé, la nuit retombait, et où était-il? Il ne le savait plus.

Le propre des peines de cette nature, dans lesquelles domine ce qui est impitoyable, c'est-à-dire ce qui est abrutissant, c'est de transformer peu à peu, par une sorte de transfiguration stupide, un homme en une bête fauve, quelquefois en une bête féroce. Les tentatives d'évasion de Jean Valjean,

successives et obstinées, suffiraient à prouver cet
étrange travail fait par la loi sur l'âme humaine.
Jean Valjean eût renouvelé ces tentatives, si parfaitement inutiles et folles, autant de fois que l'occasion s'en fût présentée, sans songer un instant
au résultat, ni aux expériences déjà faites. Il
s'échappait impétueusement comme le loup qui
trouve la cage ouverte. L'instinct lui disait : Sauve-
toi! Le raisonnement lui eût dit : Reste! Mais
devant une tentation si violente, le raisonnement
avait disparu; il n'y avait plus que l'instinct. La
bête seule agissait. Quand il était repris, les nouvelles sévérités qu'on lui infligeait ne servaient
qu'à l'effarer davantage.

Un détail que nous ne devons pas omettre, c'est
qu'il était d'une force physique dont n'approchait
pas un des habitants du bagne. A la fatigue, pour
filer un câble, pour tirer un cabestan, Jean Valjean valait quatre hommes. Il soulevait et soutenait
parfois d'énormes poids sur son dos, et remplaçait
dans l'occasion cet instrument qu'on appelle *cric*
et qu'on appelait jadis *orgueil*, d'où a pris nom,
soit dit en passant, la rue Montorgueil près des
halles de Paris. Ses camarades l'avaient surnommé

Jean-le-Cric. Une fois, comme on réparait le balcon de l'hôtel de ville de Toulon, une des admira-
bles cariatides de Puget qui soutiennent ce balcon
se descella et faillit tomber. Jean Valjean, qui se
trouvait là, soutint de l'épaule la cariatide et donna
le temps aux ouvriers d'arriver.

Sa souplesse dépassait encore sa vigueur. Certains forçats, rêveurs perpétuels d'évasions, finis-
sent par faire de la force et de l'adresse combinées
une véritable science. C'est la science des muscles.
Toute une statique mystérieuse est quotidienne-
ment pratiquée par les prisonniers, ces éternels
envieux des mouches et des oiseaux. Gravir une
verticale, et trouver des points d'appui là où l'on
voit à peine une saillie, était un jeu pour Jean Valjean. Étant donné un angle de mur, avec la tension
de son dos et de ses jarrets, avec ses coudes et
ses talons emboîtés dans les aspérités de la pierre,
il se hissait comme magiquement à un troisième
étage. Quelquefois il montait ainsi jusqu'au toit
du bagne.

Il parlait peu. Il ne riait pas. Il fallait quelque
émotion extrême pour lui arracher, une ou deux
fois l'an, ce lugubre rire du forçat qui est comme

un écho du rire du démon. A·le voir, il semblait occupé à regarder continuellement quelque chose de terrible.

Il était absorbé en effet.

A travers les perceptions maladives d'une nature incomplète et d'une intelligence accablée, il sentait confusément qu'une chose monstrueuse était sur lui. Dans cette pénombre obscure et blafarde où il rampait, chaque fois qu'il tournait le cou et qu'il essayait d'élever son regard, il voyait, avec une terreur mêlée de rage, s'échafauder, s'étager et monter à perte de vue au-dessus de lui avec des escarpements horribles, une sorte d'entassement effrayant de choses, de lois, de préjugés, d'hommes et de faits, dont les contours lui échappaient, dont la masse l'épouvantait, et qui n'était autre chose que cette prodigieuse pyramide que nous appelons la civilisation. Il distinguait çà et là dans cet ensemble fourmillant et difforme, tantôt près de lui, tantôt loin et sur des plateaux inaccessibles, quelque groupe, quelque détail vivement éclairé, ici l'argousin et son bâton, ici le gendarme et son sabre, là-bas l'archevêque mitré, tout en haut, dans une sorte de soleil, l'empereur couronné et éblouissant. Il lui semblait que ces splendeurs lointaines, loin de dissiper sa nuit, la rendaient plus funèbre et plus noire. Tout cela, lois, préjugés, faits, hommes, choses, allait et venait au-dessus de lui, selon le mouvement compliqué et mystérieux que Dieu imprime à la civilisation, marchant sur lui et l'écrasant avec je ne sais quoi de paisible dans la cruauté et d'inexorable dans l'indifférence. Ames tombées au fond de l'infortune possible, malheureux hommes perdus au plus bas de ces limbes où l'on ne regarde plus, les réprouvés de la loi sentent peser de tout son poids sur leur tête cette société humaine, si formidable pour qui est dehors, si effroyable pour qui est dessous.

Dans cette situation, Jean Valjean songeait, et quelle pouvait être la nature de sa rêverie ?

Si le grain de mil sous la meule avait des pensées, il penserait sans doute ce que pensait Jean Valjean.

Toutes ces choses, réalités pleines de spectres, fantasmagories pleines de réalités, avaient fini par lui créer une sorte d'état intérieur presque inexprimable.

Par moments, au milieu de son travail du bagne,
il s'arrêtait. Il se mettait à penser. Sa raison, à la
fois plus mûre et plus troublée qu'autrefois, se ré-
voltait. Tout ce qui lui était arrivé lui paraissait
absurde ; tout ce qui l'entourait lui paraissait impossible. Il se disait : c'est un rêve. Il regardait
l'argousin debout à quelques pas de lui ; l'argousin
lui semblait un fantôme ; tout à coup le fantôme
lui donnait un coup de bâton.

La nature visible existait à peine pour lui. Il serait presque vrai de dire qu'il n'y avait point pour
Jean Valjean de soleil, ni de beaux jours d'été, ni
de ciel rayonnant, ni de fraîches aubes d'avril. Je
ne sais quel jour de soupirail éclairait habituellement son âme.

Pour résumer, en terminant, ce qui peut être
résumé et traduit en résultats positifs dans tout ce
que nous venons d'indiquer, nous nous bornerons
à constater qu'en dix-neuf ans, Jean Valjean, l'inof-
fensif émondeur de Faverolles, le redoutable galérien de Toulon, était devenu capable, grâce à la
manière dont le bagne l'avait façonné, de deux espèces de mauvaises actions : premièrement, d'une
mauvaise action rapide, irréfléchie, pleine d'étour-

dissement, toute d'instinct, sorte de représailles pour le mal souffert; deuxièmement, d'une mauvaise action grave, sérieuse, débattue en conscience et méditée avec les idées fausses que peut donner un pareil malheur. Ses préméditations passaient par les trois phases successives que les natures d'une certaine trempe peuvent seules parcourir, raisonnement, volonté, obstination. Il avait pour mobiles l'indignation habituelle, l'amertume de l'âme, le profond sentiment des iniquités subies, la réaction, même contre les bons, les innocents et les justes, s'il y en a. Le point de départ comme le point d'arrivée de toutes ses pensées était la haine de la loi humaine; cette haine qui, si elle n'est arrêtée dans son développement par quelque incident providentiel, devient, dans un temps donné, la haine de la société, puis la haine du genre humain, puis la haine de la création, et se traduit par un vague et incessant et brutal désir de nuire, n'importe à qui, à un être vivant quelconque. — Comme on voit, ce n'était pas sans raison que le passe-port qualifiait Jean Valjean d'*homme très-dangereux*.

D'année en année, cette âme s'était desséchée

de plus en plus, lentement, mais fatalement. A cœur sec, œil sec. A sa sortie du bagne, il y avait dix-neuf ans qu'il n'avait versé une larme.

VIII

L'ONDE ET L'OMBRE

Un homme à la mer !

Qu'importe ! le navire ne s'arrête pas. Le vent souffle, ce sombre navire-là a une route qu'il est forcé de continuer. Il passe.

L'homme disparaît, puis reparaît, il plonge et remonte à la surface, il appelle, il tend les bras, on ne l'entend pas ; le navire, frissonnant sous l'ouragan, est tout à sa manœuvre, les matelots et

les passagers ne voient même plus l'homme sub-
mergé; sa misérable tête n'est qu'un point dans
l'énormité des vagues.

Il jette des cris désespérés dans les profondeurs.
Quel spectre que cette voile qui s'en va! Il la regarde, il la regarde frénétiquement. Elle s'éloigne,
elle blêmit, elle décroît. Il était là tout à l'heure,
il était de l'équipage, il allait et venait sur le pont
avec les autres, il avait sa part de respiration et
de soleil, il était un vivant. Maintenant, que s'est-il
donc passé? Il a glissé, il est tombé, c'est fini.

Il est dans l'eau monstrueuse. Il n'a plus sous
les pieds que de la fuite et de l'écroulement. Les
flots déchirés et déchiquetés par le vent l'environnent hideusement, les roulis de l'abîme l'empor-
tent, tous les haillons de l'eau s'agitent autour de
sa tête, une populace de vagues crache sur lui, de
confuses ouvertures le dévorent à demi; chaque
fois qu'il enfonce, il entrevoit des précipices pleins
de nuit; d'affreuses végétations inconnues le sai-
sissent, lui nouent les pieds, le tirent à elles; il
sent qu'il devient abîme, il fait partie de l'écume,
les flots se le jettent de l'un à l'autre, il boit
l'amertume, l'océan lâche s'acharne à le noyer,

l'énormité joue avec son agonie. Il semble que toute cette eau soit de la haine.

Il lutte pourtant.

Il essaye de se défendre, il essaye de se soutenir, il fait effort, il nage. Lui, cette pauvre force tout de suite épuisée, il combat l'inépuisable.

Où donc est le navire? Là-bas. A peine visible dans les pâles ténèbres de l'horizon.

Les rafales soufflent; toutes les écumes l'accablent. Il lève les yeux et ne voit que les lividités des nuages. Il assiste, agonisant, à l'immense démence de la mer. Il est supplicié par cette folie. Il entend des bruits étrangers à l'homme qui semblent venir d'au delà de la terre et d'on ne sait quel dehors effrayant.

Il y a des oiseaux dans les nuées, de même qu'il y a des anges au-dessus des détresses humaines, mais que peuvent-ils pour lui? Cela vole, chante et plane, et lui, il râle.

Il se sent enseveli à la fois par ces deux infinis, l'océan et le ciel; l'un est une tombe, l'autre est un linceul.

La nuit descend, voilà des heures qu'il nage, ses forces sont à bout; ce navire, cette chose lointaine où il y avait des hommes, s'est effacé, il est seul dans le formidable gouffre crépusculaire, il enfonce, il se roidit, il se tord, il sent au-dessous de lui les vagues monstres de l'invisible; il appelle.

Il n'y a plus d'hommes. Où est Dieu?

Il appelle. Quelqu'un! quelqu'un! Il appelle toujours.

Rien à l'horizon. Rien au ciel.

Il implore l'étendue, la vague, l'algue, l'écueil; cela est sourd. Il supplie la tempête; la tempête imperturbable n'obéit qu'à l'infini.

Autour de lui l'obscurité, la brume, la solitude, le tumulte orageux et inconscient, le plissement indéfini des eaux farouches. En lui l'horreur et la fatigue. Sous lui la chute. Pas de point d'appui. Il songe aux aventures ténébreuses du cadavre dans l'ombre illimitée. Le froid sans fond le paralyse. Ses mains se crispent et se ferment et prennent du néant. Vents, nuées, tourbillons, souffles, étoiles inutiles! Que faire? Le désespéré s'abandonne, qui est las prend le parti de mourir, il se laisse faire, il se laisse aller, il lâche prise, et le voilà qui roule à jamais dans les profondeurs lugubres de l'engloutissement.

O marche implacable des sociétés humaines!
Pertes d'hommes et d'âmes chemin faisant! Océan
où tombe tout ce que laisse tomber la loi! Dispa-
rition sinistre du secours! O mort morale!

La mer, c'est l'inexorable nuit sociale où la pénalité jette ses damnés. La mer, c'est l'immense
misère.

L'âme, à vau-l'eau dans ce gouffre, peut devenir
un cadavre. Qui la ressuscitera?

IX

NOUVEAUX GRIEFS

Quand vint l'heure de la sortie du bagne, quand Jean Valjean entendit à son oreille ce mot étrange : *tu es libre !* le moment fut invraisemblable et inouï, un rayon de vive lumière, un rayon de la vraie lumière des vivants pénétra subitement en lui. Mais ce rayon ne tarda point à pâlir. Jean Valjean avait été ébloui de l'idée de la liberté. Il avait cru à une vie nouvelle. Il vit bien vite ce que c'était qu'une liberté à laquelle on donne un passe-port jaune.

Et autour de cela bien des amertumes. Il avait calculé que sa masse, pendant son séjour au bagne, aurait dû s'élever à cent soixante et onze francs. Il est juste d'ajouter qu'il avait oublié de faire entrer dans ses calculs le repos forcé des dimanches et fêtes qui, pour dix-neuf ans, entraînait une diminution de vingt-quatre francs environ. Quoi qu'il en fût, cette masse avait été réduite, par diverses retenues locales, à la somme de cent neuf francs quinze sous, qui lui avait été comptée à sa sortie.

Il n'y avait rien compris, et se croyait lésé. Disons le mot, volé.

Le lendemain de sa libération, à Grasse, il vit devant la porte d'une distillerie de fleurs d'oranger des hommes qui déchargeaient des ballots. Il offrit ses services. La besogne pressait, on les accepta. Il se mit à l'ouvrage. Il était intelligent, robuste et adroit ; il faisait de son mieux ; le maître paraissait content. Pendant qu'il travaillait, un gendarme passa, le remarqua, et lui demanda ses papiers. Il fallut montrer le passe-port jaune. Cela fait, Jean Valjean reprit son travail. Un peu auparavant, il avait questionné l'un des ouvriers sur ce qu'ils ga-

gnaient à cette besogne par jour; on lui avait répondu : *trente sous*. Le soir venu, comme il était
forcé de repartir le lendemain matin, il se présenta
devant le maître de la distillerie et le pria de le
payer. Le maître ne proféra pas une parole, et lui
remit quinze sous. Il réclama. On lui répondit :
cela est assez bon pour toi. Il insista. Le maître
le regarda entre les deux yeux et lui dit : *Gare le
bloc* (*)!

Là encore il se considéra comme volé.

La société, l'État, en lui diminuant sa masse,
l'avait volé en grand. Maintenant c'était le tour
de l'individu qui le volait en petit.

Libération n'est pas délivrance. On sort du
bagne, mais non de la condamnation.

Voilà ce qui lui était arrivé à Grasse. On a vu
de quelle façon il avait été accueilli à D. —

(*) La prison.

X

L'HOMME RÉVEILLÉ

Donc, comme deux heures du matin sonnaient
à l'horloge de la cathédrale, Jean Valjean se
réveilla.

Ce qui le réveilla, c'est que le lit était trop bon.
Il y avait vingt ans bientôt qu'il n'avait couché
dans un lit, et, quoiqu'il ne se fût pas déshabillé, la

sensation était trop nouvelle pour ne pas troubler
son sommeil.

Il avait dormi plus de quatre heures. Sa fatigue
était passée. Il était accoutumé à ne pas donner
beaucoup d'heures au repos.

Il ouvrit les yeux, et regarda un moment dans
l'obscurité autour de lui, puis il les referma pour
se rendormir.

Quand beaucoup de sensations diverses ont
agité la journée, quand des choses préoccupent
l'esprit, on s'endort, mais on ne se rendort pas.
Le sommeil vient plus aisément qu'il ne revient.
C'est ce qui arriva à Jean Valjean. Il ne put se
rendormir, et il se mit à penser.

Il était dans un de ces moments où les idées
qu'on a dans l'esprit sont troubles. Il avait une
sorte de va-et-vient obscur dans le cerveau. Ses
souvenirs anciens et ses souvenirs immédiats y
flottaient pêle-mêle et s'y croisaient confusément,
perdant leurs formes, se grossissant démesuré-
ment, puis disparaissant tout à coup comme dans
une eau fangeuse et agitée. Beaucoup de pensées
lui venaient, mais il y en avait une qui se repré-
sentait continuellement et qui chassait toutes les

autres. Cette pensée, nous allons la dire tout de
suite : — Il avait remarqué les six couverts d'argent et la grande cuillère que madame Magloire
avait posés sur la table.

Ces six couverts d'argent l'obsédaient. — Ils
étaient là. — A quelques pas. — A l'instant où il
avait traversé la chambre d'à-côté pour venir dans
celle où il était, la vieille servante les mettait dans
un petit placard à la tête du lit. — Il avait bien
remarqué ce placard. — A droite, en entrant par
la salle à manger. — Ils étaient massifs. — Et de
vieille argenterie. — Avec la grande cuillère, on
en tirerait au moins deux cents francs. — Le double
de ce qu'il avait gagné en dix-neuf ans. — Il est
vrai qu'il eût gagné davantage si « l'administration » ne l'avait pas « volé. »

Son esprit oscilla toute une grande heure dans
des fluctuations auxquelles se mêlait bien quelque
lutte. Trois heures sonnèrent. Il rouvrit les yeux,
se dressa brusquement sur son séant, étendit le bras
et tâta son havre-sac qu'il avait jeté dans le coin
de l'alcôve, puis il laissa pendre ses jambes et
poser ses pieds à terre, et se trouva, presque sans
savoir comment. assis sur son lit.

Il resta un certain temps rêveur dans cette attitude qui eût eu quelque chose de sinistre pour
quelqu'un qui l'eût aperçu ainsi dans cette ombre,
seul éveillé dans la maison endormie. Tout à coup
il se baissa, ôta ses souliers et les posa doucement
sur la natte près du lit, puis il reprit sa posture
de rêverie et redevint immobile.

Au milieu de cette méditation hideuse, les idées
que nous venons d'indiquer remuaient sans relâche
son cerveau, entraient, sortaient, rentraient, faisaient sur lui une sorte de pesée; et puis il songeait
aussi, sans savoir pourquoi, et avec cette obstination machinale de la rêverie, à un forçat nommé
Brevet qu'il avait connu au bagne, et dont le pantalon n'était retenu que par une seule bretelle de
coton tricoté. Le dessin en damier de cette bretelle
lui revenait sans cesse à l'esprit.

Il demeurait dans cette situation, et y fût peut-
être resté indéfiniment jusqu'au lever du jour, si
l'horloge n'eût sonné un coup, — le quart ou la
demie. Il sembla que ce coup lui eût dit : allons!

Il se leva debout, hésita encore un moment,
et écouta; tout se taisait dans la maison; alors
il marcha droit et à petits pas vers la fenêtre qu'il

entrevoyait. La nuit n'était pas très-obscure ; c'était une pleine lune sur laquelle couraient de larges nuées chassées par le vent. Cela faisait au dehors des alternatives d'ombre et de clarté, des éclipses, puis des éclaircies, et au dedans une sorte de crépuscule. Ce crépuscule, suffisant pour qu'on pût se guider, intermittent à cause des nuages, ressemblait à l'espèce de lividité qui tombe d'un soupirail de cave devant lequel vont et viennent des passants. Arrivé à la fenêtre, Jean Valjean l'examina. Elle était sans barreaux, donnait sur le jardin et n'était fermée, selon la mode du pays, que d'une petite clavette. Il l'ouvrit, mais comme un air froid et vif entra brusquement dans la chambre, il la referma tout de suite. Il regarda le jardin de ce regard attentif qui étudie plus qu'il ne regarde. Le jardin était enclos d'un mur blanc assez bas, facile à escalader. Au fond, au delà, il distingua des têtes d'arbres également espacées, ce qui indiquait que ce mur séparait le jardin d'une avenue ou d'une ruelle plantée.

Ce coup d'œil jeté, il fit le mouvement d'un homme déterminé, marcha à son alcôve, prit son havre-sac, l'ouvrit, le fouilla, en tira quelque chose qu'il posa sur le lit, mit ses souliers dans une de ses poches, referma le tout, chargea le sac sur ses épaules, se couvrit de sa casquette dont il baissa la visière sur ses yeux, chercha son bâton en tâtonnant, et l'alla poser dans l'angle de la fenêtre, puis revint au lit et saisit résolûment l'objet qu'il y avait déposé. Cela ressemblait à une barre de fer courte, aiguisée comme un épieu à l'une de ses extrémités.

Il eût été difficile de distinguer dans les ténèbres pour quel emploi avait pu être façonné ce morceau de fer. C'était peut-être un levier? C'était peut-être une massue?

Au jour on eût pu reconnaître que ce n'était autre chose qu'un chandelier de mineur. On employait alors quelquefois les forçats à extraire de la roche des hautes collines qui environnent Toulon, et il n'était pas rare qu'il eussent à leur disposition des outils de mineur. Les chandeliers des mineurs sont en fer massif, terminés à leur extrémité inférieure par une pointe au moyen de laquelle on les enfonce dans le rocher.

Il prit le chandelier dans sa main droite, et retenant son haleine, assourdissant son pas. il se dirigea vers la porte de la chambre voisine, celle de l'évêque, comme on sait. Arrivé à cette porte, il la trouva entre-bâillée. L'évêque ne l'avait point fermée.

XI

Jean Valjean écouta. Aucun bruit.

Il poussa la porte.

Il la poussa du bout du doigt, légèrement, avec cette douceur furtive et inquiète d'un chat qui veut entrer.

La porte céda à la pression et fit un mouvement imperceptible et silencieux qui élargit un peu l'ouverture.

Il attendit un moment, puis poussa la porte une seconde fois, plus hardiment.

Elle continua de céder en silence. L'ouverture était assez grande maintenant pour qu'il pût passer. Mais il y avait près de la porte une petite table qui faisait avec elle un angle gênant et qui barrait l'entrée.

Jean Valjean reconnut la difficulté. Il fallait à toute force que l'ouverture fût encore élargie.

Il prit son parti, et poussa une troisième fois la porte, plus énergiquement que les deux premières. Cette fois il y eut un gond mal huilé qui jeta tout à coup dans cette obscurité un cri rauque et prolongé.

Jean Valjean tressaillit. Le bruit de ce gond sonna dans son oreille avec quelque chose d'éclatant et de formidable comme le clairon du jugement dernier.

Dans les grossissements fantastiques de la première minute, il se figura presque que ce gond venait de s'animer et de prendre tout à coup une vie terrible, et qu'il aboyait comme un chien pour avertir tout le monde et réveiller les gens endormis.

Il s'arrêta, frissonnant, éperdu, et retomba de la pointe du pied sur le talon. Il entendit ses ar-

tères battre dans ses tempes comme deux mar-
teaux de forge, et il lui semblait que son souffle
sortait de sa poitrine avec le bruit du vent qui sort
d'une caverne. Il lui paraissait impossible que
l'horrible clameur de ce gond irrité n'eût pas
ébranlé toute la maison comme une secousse de
tremblement de terre ; la porte, poussée par lui,
avait pris l'alarme et avait appelé; le vieillard allait
se lever, les deux vieilles femmes allaient crier, on
viendrait à l'aide; avant un quart d'heure, la ville
serait en rumeur et la gendarmerie sur pied. Un
moment il se crut perdu.

Il demeura où il était, pétrifié comme la statue
de sel, n'osant faire un mouvement. Quelques minutes s'écoulèrent. La porte s'était ouverte toute
grande. Il se hasarda à regarder dans la chambre.
Rien n'y avait bougé. Il prêta l'oreille. Rien
ne remuait dans la maison. Le bruit du gond
rouillé n'avait éveillé personne.

Ce premier danger était passé, mais il y avait
encore en lui un affreux tumulte. Il ne recula pas
pourtant. Même quand il s'était cru perdu, il n'a-
vait pas reculé. Il ne songea plus qu'à finir vite. Il
fit un pas et entra dans la chambre.

Cette chambre était dans un calme parfait. On y distinguait çà et là des formes confuses et vagues qui, au jour, étaient des papiers épars sur une table, des in-folio ouverts, des volumes empilés sur un tabouret, un fauteuil chargé de vêtements, un prie-Dieu, et qui à cette heure n'étaient plus que des coins ténébreux et des places blanchâtres. Jean Valjean avança avec précaution en évitant de se heurter aux meubles. Il entendait au fond de la chambre la respiration égale et tranquille de l'évêque endormi.

Il s'arrêta tout à coup. Il était près du lit. Il y était arrivé plus tôt qu'il n'aurait cru.

La nature mêle quelquefois ses effets et ses spectacles à nos actions avec une espèce d'à-propos sombre et intelligent, comme si elle voulait nous faire réfléchir. Depuis près d'une demi-heure un grand nuage couvrait le ciel. Au moment où Jean Valjean s'arrêta en face du lit, ce nuage se déchira, comme s'il l'eût fait exprès, et un rayon de lune, traversant la longue fenêtre, vint éclairer subitement le visage pâle de l'évêque. Il dormait paisiblement. Il était presque vêtu dans son lit, à cause des nuits froides des Basses

Alpes, d'un vêtement de laine brune qui lui couvrait les bras jusqu'aux poignets. Sa tête était
renversée sur l'oreiller dans l'attitude abandonnée
du repos ; il laissait pendre hors du lit sa main
ornée de l'anneau pastoral et d'où étaient tombées
tant de bonnes œuvres et tant de saintes actions.
Toute sa face s'illuminait d'une vague expression
de satisfaction, d'espérance et de béatitude. C'était
plus qu'un sourire et presque un rayonnement. Il
y avait sur son front l'inexprimable réverbération
d'une lumière qu'on ne voyait pas. L'âme des
justes pendant le sommeil contemple un ciel
mystérieux.

Un reflet de ce ciel était sur l'évêque.

C'était en même temps une transparence lumi-
neuse, car ce ciel était au dedans de lui. Ce ciel,
c'était sa conscience.

Au moment où le rayon de lune vint se super-
poser, pour ainsi dire, à cette clarté intérieure,
l'évêque endormi apparut comme dans une gloire.
Cela pourtant resta doux et voilé d'un demi-jour
ineffable. Cette lune dans le ciel, cette nature as-
soupie, ce jardin sans un frisson, cette maison si
calme, l'heure, le moment, le silence, ajoutaient je

ne sais quoi de solennel et d'indicible au vénérable
repos de cet homme, et enveloppaient d'une sorte
d'auréole majestueuse et sereine ces cheveux
blancs et ces yeux fermés, cette figure où tout
était espérance et où tout était confiance, cette tête
de vieillard et ce sommeil d'enfant.

Il y avait presque de la divinité dans cet homme
ainsi auguste à son insu.

Jean Valjean, lui, était dans l'ombre, son chandelier de fer à la main, debout, immobile, effaré
de ce vieillard lumineux. Jamais il n'avait rien vu
de pareil. Cette confiance l'épouvantait. Le monde
moral n'a pas de plus grand spectacle que celui-
là : une conscience troublée et inquiète, parvenue
au bord d'une mauvaise action, et contemplant le
sommeil d'un juste.

Ce sommeil, dans cet isolement, et avec un voisin tel que lui, avait quelque chose de sublime
qu'il sentait vaguement, mais impérieusement.

Nul n'eût pu dire ce qui se passait en lui, pas
même lui. Pour essayer de s'en rendre compte, il
faut rêver ce qu'il y a de plus violent en présence
de ce qu'il y a de plus doux. Sur son visage même
on n'eût rien pu distinguer avec certitude. C'était

une sorte d'étonnement hagard. Il regardait cela. Voilà tout. Mais quelle était sa pensée ? Il eût été impossible de le deviner. Ce qui était évident, c'est qu'il était ému et bouleversé. Mais de quelle nature était cette émotion ?

Son œil ne se détachait pas du vieillard. La seule chose qui se dégageât clairement de son attitude et de sa physionomie, c'était une étrange indécision. On eût dit qu'il hésitait entre les deux abîmes, celui où l'on se perd et celui où l'on se sauve. Il semblait prêt à briser ce crâne ou à baiser cette main.

Au bout de quelques instants, son bras. gauche se leva lentement vers son front, et il ôta sa casquette, puis son bras retomba avec la même lenteur, et Jean Valjean rentra dans sa contemplation, sa casquette dans la main gauche, sa massue dans la main droite, ses cheveux hérissés sur sa tête farouche.

L'évêque continuait de dormir dans une paix profonde sous ce regard effrayant.

Un reflet de lune faisait confusément visible au-dessus de la cheminée le crucifix qui semblait leur ouvrir les bras à tous les deux, avec une bénédiction pour l'un et un pardon pour l'autre.

Tout à coup Jean Valjean remit sa casquette sur son front, puis marcha rapidement, le long du lit, sans regarder l'évêque, droit au placard qu'il entrevoyait près du chevet ; il leva le chandelier de fer comme pour forcer la serrure; la clef y était; il l'ouvrit; la première chose qui lui apparut fut le panier d'argenterie ; il le prit, traversa la chambre à grands pas sans précaution et sans s'occuper du bruit, gagna la porte, rentra dans l'oratoire, ouvrit la fenêtre, saisit son bâton, enjamba l'appui du rez-de-chaussée, mit l'argenterie dans son sac, jeta le panier, franchit le jardin, sauta par-dessus le mur comme un tigre, et s'enfuit.

XII

L'ÉVÊQUE TRAVAILLE

Le lendemain, au soleil levant, monseigneur
Bienvenu se promenait dans son jardin. Madame
Magloire accourut vers lui toute bouleversée.

— Monseigneur, monseigneur, cria-t-elle, votre
grandeur sait-elle où est le panier d'argenterie ?

— Oui, dit l'évêque.

— Jésus Dieu soit béni ! reprit-elle. Je ne savais
ce qu'il était devenu.

L'évèque venait de ramasser le panier dans une plate-bande. Il le présenta à madame Magloire.

— Le voilà.

— Eh bien? dit-elle. Rien dedans! et l'argenterie?

— Ah! repartit l'évêque. C'est donc l'argenterie qui vous occupe? Je ne sais où elle est.

— Grand bon Dieu! elle est volée! c'est l'homme d'hier soir qui l'a volée!

En un clin d'œil, avec toute sa vivacité de vieille alerte, madame Magloire courut à l'oratoire, entra dans l'alcôve et revint vers l'évêque. L'évêque venait de se baisser et considérait en soupirant un plant de cochléaria des Guillons que le panier avait brisé, en tombant à travers la plate-bande. Il se redressa au cri de madame Magloire.

— Monseigneur, l'homme est parti! l'argenterie est volée!

Tout en poussant cette exclamation, ses yeux tombaient sur un angle du jardin où l'on voyait des traces d'escalade. Le chevron du mur avait été arraché.

— Tenez! c'est par là qu'il s'en est allé. Il a sauté dans la ruelle Cochefilet! Ah! l'abomination! Il nous a volé notre argenterie!

L'évêque resta un moment silencieux, puis leva son œil sérieux, et dit à madame Magloire avec douceur :

— Et d'abord, cette argenterie était-elle à nous?

Madame Magloire resta interdite. Il y eut encore un silence, puis l'évêque continua :

— Madame Magloire, je détenais à tort et depuis longtemps cette argenterie. Elle était aux pauvres. Qui était-ce que cet homme? Un pauvre évidemment.

— Hélas Jésus! repartit madame Magloire. Ce n'est pas pour moi ni pour mademoiselle. Cela nous est bien égal. Mais c'est pour monseigneur. Dans quoi monseigneur va-t-il manger maintenant?

L'évêque la regarda d'un air étonné :

— Ah çà! est-ce qu'il n'y a pas des couverts d'étain?

Madame Magloire haussa les épaules.

— L'étain a une odeur.

— Alors, des couverts de fer.

Madame Magloire fit une grimace expressive.

— Le fer a un goût.

— Eh bien, dit l'évêque, des couverts de bois.

Quelques instants après, il déjeunait à cette

même table où Jean Valjean s'était assis la veille. Tout en déjeunant, monseigneur Bienvenu faisait gaîment remarquer à sa sœur qui ne disait rien et à madame Magloire qui grommelait sourdement, qu'il n'est nullement besoin d'une cuillère ni d'une fourchette, même en bois, pour tremper un morceau de pain dans une tasse de lait.

— Aussi a-t-on idée! disait madame Magloire toute seule en allant et venant, recevoir un homme comme cela! et le loger à côté de soi! et quel bonheur encore qu'il n'ait fait que voler! Ah, mon Dieu! cela fait frémir quand on songe!

Comme le frère et la sœur allaient se lever de table, on frappa à la porte.

— Entrez, dit l'évêque.

La porte s'ouvrit. Un groupe étrange et violent apparut sur le seuil. Trois hommes en tenaient un quatrième au collet. Les trois hommes étaient des gendarmes; l'autre était Jean Valjean.

Un brigadier de gendarmerie, qui semblait conduire le groupe, était près de la porte. Il entra et s'avança vers l'évêque en faisant le salut militaire.

— Monseigneur, dit-il...

A ce mot, Jean Valjean, qui était morne et

semblait·abattu, releva la tête d'un air stupéfait.

— Monseigneur! murmura-t-il. Ce n'est donc
pas le curé...

— Silence, dit un gendarme. C'est monseigneur
l'évêque.

Cependant monseigneur Bienvenu s'était approché aussi vivement que son grand âge le lui permettait.

— Ah! vous voilà! s'écria-t-il en regardant
Jean Valjean. Je suis aise de vous voir. Eh bien,
mais! je vous avais donné les chandeliers aussi,
qui sont en argent comme le reste et dont vous
pourrez bien avoir deux cents francs. Pourquoi ne
les avez-vous pas emportés avec vos couverts?

Jean Valjean ouvrit les yeux et regarda le vénérable évêque avec une expression qu'aucune langue
humaine ne pourrait rendre.

— Monseigneur, dit le brigadier de gendarmerie, ce que cet homme disait était donc vrai? Nous
l'avons rencontré. Il allait comme quelqu'un qui
s'en va. Nous l'avons arrêté pour voir. Il avait cette
argenterie...

— Et il vous a dit, interrompit l'évêque en sou-

riant, qu'elle lui avait été donnée par un vieux
bonhomme de prêtre chez lequel il avait passé la
nuit? je vois la chose. Et vous l'avez ramené ici?
c'est une méprise.

Comme cela, reprit le brigadier, nous pouvons le laisser aller?

— Sans doute, répondit l'évêque.

Les gendarmes lâchèrent Jean Valjean qui recula.

— Est-ce que c'est vrai qu'on me laisse? dit-il
d'une voix presque inarticulée et comme s'il parlait
dans le sommeil.

— Oui, on te laisse, tu n'entends donc pas? dit
un gendarme.

— Mon ami, reprit l'évêque, avant de vous en
aller, voici vos chandeliers. Prenez-les.

Il alla à la cheminée, prit les deux flambeaux
d'argent et les apporta à Jean Valjean. Les deux
femmes le regardaient faire sans un mot, sans
un geste, sans un regard qui pût déranger
l'évêque.

Jean Valjean tremblait de tous ses membres.
Il prit les deux chandeliers machinalement et d'un
air égaré.

— Maintenant, dit l'évêque, allez en paix. — A propos, quand vous reviendrez, mon ami, il est inutile de passer par le jardin. Vous pourrez toujours entrer et sortir par la porte de la rue. Elle n'est fermée qu'au loquet jour et nuit.

Puis se tournant vers la gendarmerie :

— Messieurs, vous pouvez vous retirer.

Les gendarmes s'éloignèrent.

Jean Valjean était comme un homme qui va s'évanouir.

L'évêque s'approcha de lui, et lui dit à voix basse :

— N'oubliez pas, n'oubliez jamais que vous m'avez promis d'employer cet argent à devenir honnête homme.

Jean Valjean, qui n'avait aucun souvenir d'avoir rien promis, resta interdit. L'évêque avait appuyé sur ces paroles en les prononçant. Il reprit avec solennité :

— Jean Valjean, mon frère, vous n'appartenez plus au mal, mais au bien. C'est votre âme que je vous achète ; je la retire aux pensées noires et à l'esprit de perdition, et je la donne à Dieu.

XIII

PETIT-GERVAIS

Jean Valjean sortit de la ville comme s'il s'échappait. Il se mit à marcher en toute hâte dans les champs, prenant les chemins et les sentiers qui se présentaient sans s'apercevoir qu'il revenait à chaque instant sur ses pas. Il erra ainsi toute la matinée, n'ayant pas mangé et n'ayant pas faim. Il était en proie à une foule de sensations nouvelles. Il se sentait une sorte de colère; il ne savait contre qui. Il n'eût pu dire s'il était touché ou humilié. Il lui venait par moments un attendrisse- ment étrange qu'il combattait et auquel il opposait l'endurcissement de ses vingt dernières années. Cet état le fatiguait. Il voyait avec inquiétude s'ébranler au dedans de lui l'espèce de calme affreux que l'injustice de son malheur lui avait donné. Il se demandait qu'est-ce qui remplacerait cela. Parfois il eût vraiment mieux aimé être en prison avec les gendarmes, et que les choses ne se fussent point passées ainsi; cela l'eût moins agité. Bien que la saison fût assez avancée, il y avait encore çà et là dans les haies quelques fleurs tardives dont l'odeur, qu'il traversait en marchant, lui rappelait des souvenirs d'enfance. Ces souve- nirs lui étaient presque insupportables, tant il y avait longtemps qu'ils ne lui étaient apparus.

Des pensées inexprimables s'amoncelèrent ainsi en lui toute la journée.

Comme le soleil déclinait au couchant, allon- geant sur le sol l'ombre du moindre caillou, Jean Valjean était assis derrière un buisson dans une grande plaine rousse absolument déserte. Il n'y avait à l'horizon que les Alpes. Pas même le clo-

cher d'un village lointain. Jean Valjean pouvait
être à trois lieues de **D**. — Un sentier qui coupait
la plaine passait à quelques pas du buisson.

Au milieu de cette méditation qui n'eût pas peu
contribué à rendre ses haillons effrayants .pour
quelqu'un qui l'eût rencontré, il entendit un bruit
joyeux.

Il tourna la tête, et vit venir par le sentier un
petit savoyard d'une dizaine d'années qui chantait, sa vielle au flanc et sa boîte à marmotte sur
le dos.

Un de ces doux et gais enfants qui vont de pays
en pays, laissant voir leurs genoux par les trous
de leur pantalon.

Tout en chantant l'enfant interrompait de temps
en temps sa marche et jouait aux osselets avec
quelques pièces de monnaie qu'il avait dans sa
main, toute sa fortune probablement. Parmi cette
monnaie, il y avait une pièce de quarante sous.

L'enfant s'arrêta à côté du buisson sans voir
Jean Valjean et fit sauter sa poignée de sous que
jusque-là il avait reçue avec assez d'adresse tout
entière sur le dos de sa main.

Cette fois la pièce de quarante sous lui échappa,

et vint rouler vers la broussaille jusqu'à Jean
Valjean.

Jean Valjean posa le pied dessus.

Cependant l'enfant avait suivi sa pièce du regard, et l'avait vu.

Il ne s'étonna point et marcha droit à l'homme.

C'était un lieu absolument solitaire. Aussi loin
que le regard pouvait s'étendre, il n'y avait personne dans la plaine ni dans le sentier. On n'entendait que les petits cris faibles d'une nuée d'oiseaux
de passage qui traversaient le ciel à une hauteur
immense. L'enfant tournait le dos au soleil qui lui
mettait des fils d'or dans les cheveux et qui em-
pourprait d'une lueur sanglante la face sauvage de
Jean Valjean.

— Monsieur, dit le petit savoyard, avec cette
confiance de l'enfance qui se compose d'ignorance
et d'innocence, — ma pièce?

— Comment t'appelles-tu? dit Jean Valjean.

— Petit-Gervais, monsieur.

— Va-t'en, dit Jean Valjean.

— Monsieur, reprit l'enfant, rendez-moi ma
pièce.

Jean Valjean baissa la tête et ne répondit pas.

L'enfant recommença :

— Ma pièce, monsieur!

L'œil de Jean Valjean resta fixé à terre.

— Ma pièce! cria l'enfant, ma pièce blanche! mon argent!

Il semblait que Jean Valjean n'entendît point. L'enfant le prit au collet de sa blouse et le secoua. Et en même temps il faisait effort pour déranger le gros soulier ferré posé sur son trésor.

— Je veux ma pièce! ma pièce de quarante sous!

L'enfant pleurait. La tête de Jean Valjean se releva. Il était toujours assis. Ses yeux étaient troubles. Il considéra l'enfant avec une sorte d'étonnement, puis il étendit la main vers son bâton et cria d'une voix terrible : — Qui est là?

— Moi, monsieur, répondit l'enfant. Petit-Gervais! moi! moi! rendez-moi mes quarante sous, s'il vous plaît! ôtez votre pied, monsieur, s'il vous plaît! Puis irrité, quoique tout petit, et devenant presque menaçant :

— Ah çà, ôterez-vous votre pied? Otez donc votre pied, voyons!

— Ah! c'est encore toi! dit Jean Valjean, et se dressant brusquement tout debout, le pied toujours sur la pièce d'argent, il ajouta : — Veux-tu bien te sauver !

L'enfant effaré le regarda, puis commença à trembler de la tête aux pieds, et, après quelques secondes de stupeur, se mit à s'enfuir en courant de toutes ses forces sans oser tourner le cou ni jeter un cri.

Cependant à une certaine distance, l'essoufflement le força de s'arrêter, et Jean Valjean, à travers sa rêverie, l'entendit qui sanglotait.

Au bout de quelques instants l'enfant avait disparu.

Le soleil s'était couché.

L'ombre se faisait autour de Jean Valjean. Il n'avait pas mangé de la journée; il est probable qu'il avait la fièvre.

Il était resté debout, et n'avait pas changé d'attitude depuis que l'enfant s'était enfui. Son souffle soulevait sa poitrine à des intervalles longs et inégaux. Son regard, arrêté à dix ou douze pas devant lui, semblait étudier avec une attention profonde la forme d'un vieux tesson de faïence bleue tombé dans l'herbe. Tout à coup il tressaillit; il venait de sentir le froid du soir.

Il raffermit sa casquette sur son front, chercha machinalement à croiser et à boutonner sa blouse, fit un pas, et se baissa pour reprendre à terre son bâton.

En ce moment il aperçut la pièce de quarante sous que son pied avait à demi enfoncée dans la terre et qui brillait parmi les cailloux. Ce fut comme une commotion galvanique. — Qu'est-ce que c'est que ça? dit-il entre ses dents. Il recula de trois pas, puis s'arrêta, sans pouvoir détacher son regard de ce point que son pied avait foulé l'instant d'auparavant, comme si cette chose qui luisait là dans l'obscurité eût été un œil ouvert fixé sur lui.

Au bout de quelques minutes, il s'élança convulsivement vers la pièce d'argent, la saisit et, se redressant, se mit à regarder au loin dans la plaine, jetant à la fois ses yeux vers tous les points de l'horizon, debout et frissonnant comme une bête fauve effarée qui cherche un asile.

Il ne vit rien. La nuit tombait, la plaine était froide et vague, de grandes brumes violettes montaient dans la clarté crépusculaire.

Il dit : Ah ! et se mit à marcher rapidement

dans une certaine direction, du côté où l'enfant avait disparu. Après une trentaine de pas, il s'arrêta, regarda, et ne vit rien.

Alors il cria de toute sa force : — Petit-Gervais ! Petit-Gervais !

Il se tut, et attendit.

Rien ne répondit.

La campagne était déserte et morne. Il était environné de l'étendue. Il n'y avait rien autour de lui qu'une ombre où se perdait son regard et un silence où sa voix se perdait.

Une bise glaciale soufflait, et donnait aux choses autour de lui une sorte de vie lugubre. Des arbrisseaux secouaient leurs petits bras maigres avec une furie incroyable. On eût dit qu'ils menaçaient et poursuivaient quelqu'un.

Il recommença à marcher, puis il se mit à courir, et de temps en temps il s'arrêtait, et criait dans cette solitude, avec une voix qui était ce qu'on pouvait entendre de plus formidable et de plus désolé : Petit-Gervais ! Petit-Gervais !

Certes, si l'enfant l'eût entendu, il eût eu peur et se fût bien gardé de se montrer. Mais l'enfant était sans doute déjà bien loin.

Il rencontra un prêtre qui était à cheval. Il alla
à lui et lui dit :

—Monsieur le curé, avez-vous vu passer un enfant?

— Non, dit le prêtre.

— Un nommé Petit-Gervais?

— Je n'ai vu personne.

Il tira deux pièces de cinq francs de sa sacoche
et les remit au prêtre.

— Monsieur le curé, voici pour vos pauvres.
Monsieur le curé, c'est un petit d'environ dix ans
qui a une marmotte, je crois, et une vielle. Il allait.
Un de ces savoyards, vous savez?

— Je ne l'ai point vu.

— Petit-Gervais? il n'est point des villages
d'ici? Pouvez-vous me dire?

— Si c'est comme vous dites, mon ami, c'est
un petit enfant étranger. Cela passe dans le pays.
On ne les connaît pas.

Jean Valjean prit violemment deux autres écus
de cinq francs qu'il donna au prêtre.

— Pour vos pauvres, dit-il.

Puis il ajouta avec égarement :

— Monsieur l'abbé, faites-moi arrêter. Je suis
un voleur.

Le prêtre piqua des deux et s'enfuit très-
effrayé.

Jean Valjean se mit à courir dans la direction
qu'il avait d'abord prise.

Il fit de la sorte un assez long chemin, regardant, appelant et criant, mais il ne rencontra plus
personne. Deux ou trois fois il courut dans la
plaine vers quelque chose qui lui faisait l'effet
d'un être couché ou accroupi; ce n'étaient que des
broussailles ou des roches à fleur de terre. Enfin,
à un endroit où trois sentiers se croisaient, il s'arrêta. La lune s'était levée. Il promena sa vue au
loin et appela une dernière fois : Petit-Gervais!
Petit-Gervais! Petit-Gervais! Son cri s'éteignit
dans la brume, sans même éveiller un écho. Il
murmura encore : Petit-Gervais! mais d'une voix
faible et presque inarticulée. Ce fut là son dernier
effort; ses jarrets fléchirent brusquement sous lui
comme si une puissance invisible l'accablait tout à
coup du poids de sa mauvaise conscience; il tomba
épuisé sur une grosse pierre, les poings dans ses
cheveux et le visage dans ses genoux, et il cria :
Je suis un misérable!

Alors son cœur creva et il se mit à pleurer.

C'était la première fois qu'il pleurait depuis dix-
neuf ans.

Quand Jean Valjean était sorti de chez l'évêque,
on l'a vu, il était hors de tout ce qui avait été sa
pensée jusque-là. Il ne pouvait se rendre compte
de ce qui se passait en lui. Il se roidissait contre
l'action angélique et contre les douces paroles du
vieillard. « Vous m'avez promis de devenir hon-
« nête homme. Je vous achète votre âme. Je la
« retire à l'esprit de perversité et je la donne au
« bon Dieu. » Cela lui revenait sans cesse. Il opposait à cette indulgence céleste l'orgueil, qui est en
nous comme la forteresse du mal. Il sentait indis-
tinctement que le pardon de ce prêtre était le plus
grand assaut et la plus formidable attaque dont il
eût encore été ébranlé ; que son endurcissement
serait définitif s'il résistait à cette clémence ; que, s'il
cédait, il faudrait renoncer à cette haine dont les
actions des autres hommes avaient rempli son âme
pendant tant d'années, et qui lui plaisait ; que cette
fois il fallait vaincre ou être vaincu, et que la lutte,
une lutte colossale et définitive, était engagée entre
sa méchanceté à lui et la bonté de cet homme.

En présence de toutes ces lueurs, il allait comme

un homme ivre. Pendant qu'il marchait ainsi, les
yeux hagards, avait-il une perception distincte de
ce qui pourrait résulter pour lui de son aventure à
D.—? Entendait-il tous ces bourdonnements mystérieux qui avertissent ou importunent l'esprit à de
certains moments de la vie? Une voix lui disait-elle
à l'oreille qu'il venait de traverser l'heure solen-
nelle de sa destinée, qu'il n'y avait plus de milieu
pour lui, que, si désormais il n'était pas le meilleur
des hommes, il en serait le pire, qu'il fallait pour
ainsi dire que maintenant il montât plus haut que
l'évêque ou retombât plus bas que le galérien;
que, s'il voulait devenir bon, il fallait qu'il devînt
ange; que, s'il voulait rester méchant, il fallait
qu'il devînt monstre.

Ici encore il faut se faire ces questions que nous
nous sommes déjà faites ailleurs : recueillait-il
confusément quelque ombre de tout ceci dans sa
pensée? Certes, le malheur, nous l'avons dit, fait
l'éducation de l'intelligence; cependant il est dou-
teux que Jean Valjean fût en état de démêler tout
ce que nous indiquons ici. Si ces idées lui arri-
vaient, il les entrevoyait plutôt qu'il ne les voyait,
et elles ne réussissaient qu'à le jeter dans un

trouble inexprimable et presque douloureux. Au
sortir de cette chose difforme et noire qu'on appelle le bagne, l'évêque lui avait fait mal à l'âme
comme une clarté trop vive lui eût fait mal aux yeux
en sortant des ténèbres. La vie future, la vie possible qui s'offrait désormais à lui, toute pure et
toute rayonnante, le remplissait de frémissements
et d'anxiétés. Il ne savait vraiment plus où il en
était. Comme une chouette qui verrait brusquement se lever le soleil, le forçat avait été ébloui
et comme aveuglé par la vertu.

Ce qui était certain, ce dont il ne se doutait pas,
c'est qu'il n'était déjà plus le même homme, c'est
que tout était changé en lui, c'est qu'il n'était plus
en son pouvoir de faire que l'évêque ne lui eût
pas parlé et ne l'eût pas touché.

Dans cette situation d'esprit, il avait rencontré
Petit-Gervais et lui avait volé ses quarante sous.
Pourquoi? Il n'eût assurément pu l'expliquer;
était-ce un dernier effet et comme un suprême
effort des mauvaises pensées qu'il avait apportées
du bagne, un reste d'impulsion, un résultat de ce
qu'on appelle en statique *la force acquise?* C'était
cela, et c'était aussi peut-être moins encore que

cela. Disons-le simplement, ce n'était pas lui qui
avait volé, ce n'était pas l'homme, c'était la bête
qui, par habitude et par instinct, avait stupide-
ment posé le pied sur cet argent, pendant que
l'intelligence se débattait au milieu de tant d'ob-
sessions inouïes et nouvelles. Quand l'intelligence
se réveilla et vit cette action de la brute, Jean Valjean recula avec angoisse et poussa un cri d'épouvante.

C'est que, phénomène étrange et qui n'était possible que dans la situation où il était, en volant cet
argent à cet enfant, il avait fait une chose dont il
n'était déjà plus capable.

Quoi qu'il en soit, cette dernière mauvaise action
eut sur lui un effet décisif; elle traversa brusquement ce chaos qu'il avait dans l'intelligence et le
dissipa, mit d'un côté les épaisseurs obscures et
de l'autre la lumière, et agit sur son âme, dans
l'état où elle se trouvait, comme de certains réac-
tifs chimiques agissent sur un mélange trouble en
précipitant un élément et en clarifiant l'autre.

Tout d'abord, avant même de s'examiner et de
réfléchir, éperdu, comme quelqu'un qui cherche à
se sauver, il tâcha de retrouver l'enfant pour lui

rendre son argent, puis, quand il reconnut que cela
était inutile et impossible, il s'arrêta désespéré.
Au moment où il s'écria : Je suis un misérable !
il venait de s'apercevoir tel qu'il était, et il était
déjà à ce point séparé de lui-même qu'il lui semblait qu'il n'était plus qu'un fantôme, et qu'il avait
là devant lui, en chair et en os, le bâton à la main,
la blouse sur les reins, son sac rempli d'objets
volés sur le dos, avec son visage résolu et morne,
avec sa pensée pleine de projets abominables, le
hideux galérien Jean Valjean.

L'excès du malheur, nous l'avons remarqué,
l'avait fait en quelque sorte visionnaire. Ceci fut
donc comme une vision. Il vit véritablement ce
Jean Valjean, cette face sinistre, devant lui. Il fut
presque au moment de se demander qui était cet
homme, et il en eut horreur.

Son cerveau était dans un de ces moments vio-
lents et pourtant affreusement calmes où la rêverie
est si profonde qu'elle absorbe la réalité. On ne
voit plus les objets qu'on a devant soi, et l'on voit
comme en dehors de soi les figures qu'on a dans
l'esprit.

Il se contempla donc, pour ainsi dire, face à face,

et en même temps. à travers cette hallucination. il voyait, dans une profondeur mystérieuse, une sorte de lumière qu'il prit d'abord pour un flambeau. En regardant avec plus d'attention cette lumière qui apparaissait à sa conscience, il reconnut qu'elle avait la forme humaine, et que ce flambeau était l'évêque.

Sa conscience considéra tour à tour ces deux hommes ainsi placés devant elle, l'évêque et Jean Valjean. Il n'avait pas fallu moins que le premier pour détremper le second. Par un de ces effets singuliers qui sont propres à ces sortes d'extases, à mesure que sa rêverie se prolongeait, l'évêque grandissait et resplendissait à ses yeux, Jean Valjean s'amoindrissait et s'effaçait. A un certain moment il ne fut plus qu'une ombre. Tout à coup il disparut. L'évêque seul était resté.

Il remplissait toute l'âme de ce misérable d'un rayonnement magnifique.

Jean Valjean pleura longtemps. Il pleura à chaudes larmes, il pleura à sanglots, avec plus de faiblesse qu'une femme, avec plus d'effroi qu'un enfant.

Pendant qu'il pleurait, le jour se faisait de plus

en plus dans son cerveau, un jour extraordinaire, un jour ravissant et terrible à la fois. Sa vie passée, sa première faute, sa longue expiation, son abrutissement extérieur, son endurcissement intérieur, sa mise en liberté réjouie par tant de plans de vengeance. ce qui lui était arrivé chez l'évêque, la dernière chose qu'il avait faite, ce vol de quarante sous à un enfant, crime d'autant plus lâche et d'autant plus monstrueux qu'il venait après le pardon de l'évêque, tout cela lui revint et lui apparut, clairement, mais dans une clarté qu'il n'avait jamais vue jusque-là. Il regarda sa vie, et elle lui parut horrible; son âme, et elle lui parut affreuse. Cependant un jour doux était sur cette vie et sur cette âme. Il lui semblait qu'il voyait Satan à la lumière du paradis.

Combien d'heures pleura-t-il ainsi? que fit-il après avoir pleuré? où alla-t-il? on ne l'a jamais su. Il paraît seulement avéré que, dans cette même nuit, le voiturier qui faisait à cette époque le service de Grenoble et qui arrivait à D. — vers trois heures du matin, vit en traversant la rue de l'évêché un homme dans l'attitude de la prière, à genoux sur le pavé, dans l'ombre. devant la porte de monseigneur Bienvenu.

LIVRE TROISIÈME

EN L'ANNÉE 1817

I

L'ANNÉE 1817

1817 est l'année que Louis XVIII, avec un certain aplomb royal qui ne manquait pas de fierté,
qualifiait la vingt-deuxième de son règne. C'est
l'année où M. Bruguière de Sorsum était célèbre.
Toutes les boutiques des perruquiers, espérant la
poudre et le retour de l'oiseau royal, étaient badi-
geonnées d'azur et fleurdelisées. C'était le temps
candide où le comte Lynch siégeait tous les di-

manches comme marguillier au banc d'œuvre de
Saint-Germain-des-Prés en habit de pair de
France, avec son cordon rouge et son long nez, et
cette majesté de profil particulière à un homme qui
a fait une action d'éclat. L'action d'éclat commise
par M. Lynch était ceci : avoir, étant maire de
Bordeaux, le 12 mars 1814, donné la ville un peu
trop tôt à M. le duc d'Angoulême. De là sa pairie.
En 1817, la mode engloutissait les petits garçons
de quatre à six ans sous de vastes casquettes en cuir
maroquiné à oreillons assez ressemblantes à des
mitres d'Esquimaux. L'armée française était vêtue
de blanc, à l'autrichienne; les régiments s'appelaient légions; au lieu de chiffres ils portaient les
noms des départements. Napoléon était à Sainte-
Hélène, et, comme l'Angleterre lui refusait du
drap vert, il faisait retourner ses vieux habits. En
1817, Pellegrini chantait, mademoiselle Bigottini
dansait; Potier régnait; Odry n'existait pas encore. Madame Saqui succédait à Forioso. Il y
avait encore des Prussiens en France. M. Delalot
était un personnage. La légitimité venait de s'affir-
mer en coupant le poing, puis la tête, à Pleignier,
à Carbonneau et à Tolleron. Le prince de Talley-

rand, grand chambellan, et l'abbé Louis, ministre
désigné des finances, se regardaient en riant du
rire de deux augures; tous deux avaient célébré,
le 14 juillet 1790, la messe de la fédération au
Champ-de-Mars; Talleyrand l'avait dite comme
évêque, Louis l'avait servie comme diacre. En
1817, dans les contre-allées de ce même Champ-
de-Mars, on apercevait de gros cylindres de bois,
gisant sous la pluie, pourrissant dans l'herbe,
peints en bleu avec des traces d'aigles et d'abeilles
dédorées. C'étaient les colonnes qui, deux ans auparavant, avaient soutenu l'estrade de l'empereur
au Champ-de-Mai. Elles étaient noircies çà et là de
la brûlure du bivouac des Autrichiens baraqués
près du Gros-Caillou. Deux ou trois de ces colonnes avaient disparu dans les feux de ces
bivouacs et avaient chauffé les larges mains des
kaiserlicks. Le Champ-de-Mai avait eu cela de
remarquable qu'il avait été tenu au mois de juin
et au Champ-de-Mars. En cette année 1817, deux
choses étaient populaires : le Voltaire-Touquet et
la tabatière à la Charte. L'émotion parisienne la
plus récente était le crime de Dautun qui avait jeté
la tête de son frère dans le bassin du Marché-aux-

Fleurs. On commençait à s'inquiéter au ministère de la marine d'être sans nouvelles de cette fatale frégate de *la Méduse* qui devait couvrir de honte Chaumareix et de gloire Géricault. Le colonel Selves allait en Égypte pour y devenir Soliman-Pacha. Le palais des Thermes, rue de La Harpe, servait de boutique à un tonnelier. On voyait encore sur la plate-forme de la tour octogone de l'hôtel de Cluny la petite logette en planches qui avait servi d'observatoire à Messier, astronome de la marine sous Louis XVI. La duchesse de Duras lisait à trois ou quatre amis, dans son boudoir meublé d'X en satin bleu-ciel, *Ourika* inédite. On grattait les N au Louvre. Le pont d'Austerlitz abdiquait et s'intitulait pont du Jardin du Roi, double énigme qui déguisait à la fois le pont d'Austerlitz et le jardin des Plantes. Louis XVIII, préoccupé, tout en annotant du coin de l'ongle Horace, des héros qui se font empereurs et des sabotiers qui se font dauphins, avait deux soucis, Napoléon et Mathurin Bruneau. L'Académie française donnait pour sujet de prix : *le bonheur que procure l'étude.* M. Bellart était éloquent officiellement. On voyait germer à son ombre ce futur avocat général de

Broë, promis aux sarcasmes de Paul-Louis Cou-
rier. Il y avait un faux Chateaubriand appelé Marchangy, en attendant qu'il y eût un faux Marchangy
appelé d'Arlincourt. *Claire d'Albe* et *Malek-Adel*
étaient des chefs-d'œuvre; madame Cottin était
déclarée le premier écrivain de l'époque. L'Institut
laissait rayer de sa liste l'académicien Napoléon
Bonaparte. Une ordonnance royale érigeait Angoulême en école de marine, car, le duc d'Angoulême
étant grand amiral, il était évident que la ville
d'Angoulême avait de droit toutes les qualités d'un
port de mer, sans quoi le principe monarchique eût
été entamé. On agitait en conseil des ministres
la question de savoir si l'on devait tolérer les
vignettes représentant des voltiges, qui assaison-
naient les affiches de Franconi et qui attrou-
paient les polissons des rues. M. Paër, auteur
de *l'Agnese,* bonhomme à la face carrée qui avait
une verrue sur la joue, dirigeait les petits con-
certs intimes de la marquise de Sassenaye, rue
de la Ville-l'Évêque. Toutes les jeunes filles chantaient *l'Ermite de Saint-Avelle,* paroles d'Edmond
Géraud. *Le Nain jaune* se transformait en *Miroir.*
Le café Lemblin tenait pour l'empereur contre

le café Valois qui tenait pour les Bourbons. On
venait de marier à une princesse de Sicile M. le
duc de Berry, déjà regardé du fond de l'ombre
par Louvel. Il y avait un an que madame de .
Staël était morte. Les gardes du corps sifflaient
mademoiselle Mars. Les grands journaux étaient
tout petits. Le format était restreint, mais la
liberté était grande. *Le Constitutionnel* était constitutionnel. *La Minerve* appelait Chateaubriand
Chateaubriant. Ce *t* faisait beaucoup rire les bourgeois aux dépens du grand écrivain. Dans des
journaux vendus, des journalistes prostitués insul-
taient les proscrits de 1815; David n'avait plus
de talent, Arnault n'avait plus d'esprit, Carnot n'a-
vait plus de probité; Soult n'avait gagné aucune
bataille; il est vrai que Napoléon n'avait plus de
génie. Personne n'ignore qu'il est assez rare que
les lettres adressées par la poste à un exilé lui
parviennent, les polices se faisant un religieux
devoir de les intercepter. Le fait n'est point nouveau; Descartes banni s'en plaignait. Or, David
ayant, dans un journal belge, montré quelque
humeur de ne pas recevoir les lettres qu'on lui
écrivait, ceci paraissait plaisant aux feuilles roya-

listes qui bafouaient à cette occasion le proscrit.
Dire : *les régicides*, ou dire : *les votants*, dire : *les
ennemis*, ou dire : *les alliés*, dire *Napoléon*, ou
dire : *Buonaparte*, cela séparait deux hommes
plus qu'un abîme. Tous les gens de bon sens con-
venaient que l'ère des révolutions était à jamais
fermée par le roi Louis XVIII, surnommé « l'im-
« mortel auteur de la Charte. » Au terre-plein du
Pont-Neuf, on sculptait le mot : *Redivivus*, sur le
piédestal qui attendait la statue de Henri IV.
M. Piet ébauchait, rue Thérèse, nº 4, son conci-
liabule pour consolider la monarchie. Les chefs de
la droite disaient dans les conjectures graves :
« il faut écrire à Bacot. » MM. Canuel O'Mahony
et de Chappedelaine esquissaient, un peu approu-
vés de Monsieur, ce qui devait être plus tard « la
« Conspiration du Bord' de l'eau. » L'Épingle
Noire complotait de son côté. Delaverderie s'a-
bouchait avec Trogoff. M. Decazes, esprit dans
une certaine mesure libéral, dominait. Chateaubriand, debout tous les matins devant sa fenêtre
du nº 27 de la rue Saint-Dominique, en pantalon
à pieds et en pantoufles, ses cheveux gris coiffés
d'un madras, les yeux fixés sur un miroir, une

trousse complète de chirurgien dentiste ouverte
devant lui, se curait les dents, qu'il avait charmantes, tout en dictant *la Monarchie selon la
Charte* à M. Pilorge, son secrétaire. La critique
faisant autorité préférait Lafon à Talma. M. de
Féletz signait A.; M. Hoffmann signait Z. Charles
Nodier écrivait *Thérèse Aubert*. Le divorce était
aboli. Les lycées s'appelaient colléges. Les collé-
giens, ornés au collet d'une fleur de lis d'or, s'y
gourmaient à propos du roi de Rome. La contre-
police du château dénonçait à son altesse royale
Madame le portrait, partout exposé, de M. le duc
d'Orléans, lequel avait meilleure mine en uniforme de colonel général des hussards que M. le
duc de Berry en uniforme de colonel général des
dragons; grave inconvénient. La ville de Paris faisait redorer à ses frais le dôme des Invalides. Les
hommes sérieux se demandaient ce que ferait, dans
telle ou telle occasion, M. de Trinquelague;
M. Clausel de Montals se séparait, sur divers points,
de M. Clausel de Coussergues; M. de Salaberry
n'était pas content. Le comédien Picard, qui était
de l'Académie dont le comédien Molière n'avait pu
être, faisait jouer *les deux Philibert* à l'Odéon, sur

le fronton duquel l'arrachement des lettres laissait
encore lire distinctement : THÉATRE DE L'IMPÉRA-
TRICE. On prenait parti pour ou contre Cugnet
de Montarlot. Fabvier était factieux ; Bavoux
était révolutionnaire. Le libraire Pélicier pu-
bliait une édition de Voltaire, sous ce titre :
OEuvres de Voltaire, de l'Académie française.
« Cela fait venir les acheteurs, » disait cet éditeur
naïf. L'opinion générale était que M. Charles
Loyson serait le génie du siècle ; l'envie commençait à le mordre, signe de gloire ; et l'on faisait
sur lui ce vers :

Même quand Loyson vole, on sent qu'il a des pattes.

Le cardinal Fesch refusant de se démettre,
M. de Pins, archevêque d'Amasie, administrait
le diocèse de Lyon. La querelle de la vallée des
Dappes commençait entre la Suisse et la France
par un mémoire du capitaine Dufour, depuis général. Saint-Simon, ignoré, échafaudait son rêve sublime. Il y avait à l'Académie des sciences un Fourier célèbre que la postérité a oublié et dans je ne
sais quel grenier un Fourier obscur dont l'avenir se
souviendra. Lord Byron commençait à poindre ;

une note d'un poème de Millevoye l'annonçait à la France en ces termes : *un certain lord Baron*. David d'Angers s'essayait à pétrir le marbre. L'abbé Caron parlait avec éloge, en petit comité de séminaristes dans le cul-de-sac des Feuillantines, d'un prêtre inconnu nommé Félicité Robert qui a été plus tard Lamennais. Une chose qui fumait et clapotait sur la Seine avec le bruit d'un chien qui nage, allait et venait sous les fenêtres des Tuileries du pont Royal au pont Louis XV; c'était une mécanique bonne à pas grand'chose, une espèce de joujou, une rêverie d'inventeur songe-creux, une utopie : un bateau à vapeur. Les Parisiens regardaient cette inutilité avec indifférence. M. de Vaublanc, réformateur de l'Institut par coup d'État, ordonnance et fournée, auteur distingué de plusieurs académiciens, après en avoir fait, ne pouvait parvenir à l'être. Le faubourg Saint-Germain et le pavillon Marsan souhaitaient pour préfet de police M. Delaveau, à cause de sa dévotion. Dupuytren et Récamier se prenaient de querelle à l'amphithéâtre de l'École de médecine et se menaçaient du poing à propos de la divinité de Jésus-Christ. Cuvier, un œil sur la Genèse et l'autre sur

la nature, s'efforçait de plaire à la réaction bigote
en mettant les fossiles d'accord avec les textes et
en faisant flatter Moïse par les mastodontes.
M. François de Neufchâteau, louable cultivateur
de la mémoire de Parmentier, faisait mille efforts
pour que *pomme de terre* fût prononcée *parmen-
tière,* et n'y réussissait point. L'abbé Grégoire,
ancien évêque, ancien conventionnel, ancien sénateur, était passé dans la polémique royaliste à
l'état « d'infâme Grégoire. » Cette locution que
nous venons d'employer : *passer à l'état de,* était
dénoncée comme néologisme par M. Royer-Col-
lard. On pouvait distinguer encore à sa blancheur, sous la troisième arche du pont d'Iéna, la
pierre neuve avec laquelle, deux ans auparavant,
on avait bouché le trou de mine pratiqué par
Blücher pour faire sauter le pont. La justice appelait à sa barre un homme qui, en voyant entrer
le comte d'Artois à Notre-Dame, avait dit tout
haut : *Sapristi ! je regrette le temps où je voyais
Bonaparte et Talma entrer bras dessus, bras dessous,
au Bal-Sauvage.* Propos séditieux. Six mois de
prison.

Des traîtres se montraient déboutonnés; des

hommes qui avaient passé à l'ennemi la veille d'une bataille, ne cachaient rien de la récompense et marchaient impudiquement en plein soleil dans le cynisme des richesses et des dignités ; des déserteurs de Ligny et des Quatre-Bras, dans le débraillé de leur turpitude payée, étalaient leur dévouement monarchique tout nu ; oubliant ce qui est écrit en Angleterre sur la muraille intérieure des water-closets publics : *Please adjust your dress before leaving.*

Voilà, pêle-mêle, ce qui surnage confusément de l'année 1817, oubliée aujourd'hui. L'histoire néglige presque toutes ces particularités, et ne peut faire autrement ; l'infini l'envahirait. Pourtant ces détails, qu'on appelle à tort petits, — il n'y a ni petits faits dans l'humanité, ni petites feuilles dans la végétation, — sont utiles. C'est de la physionomie des années que se compose la figure des siècles.

En cette année 1817, quatre jeunes Parisiens firent « une bonne farce. »

II

DOUBLE QUATUOR

Ces Parisiens étaient l'un de Toulouse, l'autre de Limoges, le troisième de Cahors et le quatrième de Montauban; mais ils étaient étudiants, et qui dit étudiant dit Parisien; étudier à Paris, c'est naître à Paris.

Ces jeunes gens étaient insignifiants; tout le monde a vu ces figures-là; quatre échantillons du premier venu; ni bons ni mauvais, ni savants ni

ignorants, ni des génies ni des imbéciles ; beaux
de ce charmant avril qu'on appelle vingt ans.
C'étaient quatre Oscars quelconques ; car à cette
époque les Arthurs n'existaient pas encore. *Brûlez
pour lui les parfums d'Arabie,* s'écriait la romance,
Oscar s'avance, Oscar, je vais le voir ! On sortait
d'Ossian ; l'élégance était scandinave et calédo-
nienne, le genre anglais pur ne devait prévaloir
que plus tard, et le premier des Arthur, Wel-
lington, venait à peine de gagner la bataille de
Waterloo.

Ces Oscars s'appelaient l'un Félix Tholomyès,
de Toulouse ; l'autre Listolier, de Cahors ; l'autre
Fameuil, de Limoges ; le dernier Blachevelle, de
Montauban. Naturellement chacun avait sa maîtresse. Blachevelle aimait Favourite, ainsi nommée
parce qu'elle était allée en Angleterre ; Listolier
adorait Dahlia, qui avait pris pour nom de guerre
un nom de fleur ; Fameuil idolâtrait Zéphine,
abrégé de Joséphine ; Tholomyès avait Fantine,
dite la Blonde, à cause de ses beaux cheveux couleur de soleil.

Favourite, Dahlia, Zéphine et Fantine étaient
quatre ravissantes filles parfumées et radieuses,

encore un peu ouvrières, n'ayant pas tout à fait
quitté leur aiguille, dérangées par les amourettes,
mais ayant sur le visage un reste de la sérénité du
travail et dans l'âme cette fleur d'honnêteté qui
dans la femme survit à la première chute. Il y
avait une des quatre qu'on appelait la jeune, parce
qu'elle était la cadette ; et une qu'on appelait la
vieille ; la vieille avait vingt-trois ans. Pour ne
rien celer, les trois premières étaient plus expéri-
mentées, plus insouciantes et plus envolées dans le
bruit de la vie que Fantine la Blonde, qui en était
à sa première illusion.

Dahlia, Zéphine, et surtout Favourite, n'en auraient pu dire autant. Il y avait déjà plus d'un
épisode à leur roman à peine commencé, et l'amoureux qui s'appelait Adolphe au premier chapitre,
se trouvait être Alphonse au second et Gustave au
troisième. Pauvreté et coquetterie sont deux con-
seillères fatales, l'une gronde, l'autre flatte ; et les
belles filles du peuple les ont toutes les deux qui
leur parlent bas à l'oreille, chacune de leur côté.
Ces âmes mal gardées écoutent. De là les chutes
qu'elles font et les pierres qu'on leur jette. On les
accable avec la splendeur de tout ce qui est imma-

culé et inaccessible. Hélas! si la Jungfrau avait
faim?

Favourite, ayant été en Angleterre, avait pour
admiratrices Zéphine et Dahlia. Elle avait eu de
très-bonne heure un chez-soi. Son père était un
vieux professeur de mathématiques brutal et qui
gasconnait; point marié, courant le cachet malgré
l'âge. Ce professeur, étant jeune, avait vu un jour
la robe d'une femme de chambre s'accrocher à un
garde-cendre; il était tombé amoureux de cet accident. Il en était résulté Favourite. Elle rencon-
trait de temps en temps son père qui la sa-
luait. Un matin, une vieille femme à l'air béguin
était entrée chez elle et lui avait dit : — Vous
ne me connaissez pas, mademoiselle? — Non. —
Je suis ta mère. — Puis la vieille avait ouvert le
buffet, bu et mangé, fait apporter un matelas
qu'elle avait, et s'était installée. Cette mère, gro-
gnon et dévote, ne parlait jamais à Favourite, restait des heures sans souffler mot, déjeunait, dînait
et soupait comme quatre, et descendait faire salon chez le portier où elle disait du mal de sa
fille.

Ce qui avait entraîné Dahlia vers Listolier, vers

d'autres peut-être, vers l'oisiveté, c'était d'avoir de trop jolis ongles roses. Comment faire travailler ces ongles-là? Qui veut rester vertueuse ne doit pas avoir pitié de ses mains. Quant à Zéphine, elle avait conquis Fameuil par sa petite manière mutine et caressante de dire : Oui, monsieur.

Les jeunes gens étant camarades, les jeunes filles étaient amies. Ces amours-là sont toujours doublés de ces amitiés-là.

Sage et philosophe, c'est deux; et ce qui le prouve, c'est que, toutes réserves faites sur ces petits ménages irréguliers, Favourite, Zéphine et Dahlia étaient des filles philosophes, et Fantine une fille sage.

Sage! dira-t-on, et Tholomyès? Salomon répondrait que l'amour fait partie de la sagesse. Nous nous bornons à dire que l'amour de Fantine était un premier amour, un amour unique, un amour fidèle.

Elle était la seule des quatre qui ne fût tutoyée que par un seul.

Fantine était un de ces êtres comme il en éclôt. pour ainsi dire, au fond du peuple. Sortie des plus insondables épaisseurs de l'ombre sociale, elle avait

au front le signe de l'anonyme et de l'inconnu.
Elle était née à M. — sur M. — De quels parents?
Qui pourrait le dire? On ne lui avait jamais connu
ni père ni mère. Elle se nommait Fantine. Pourquoi Fantine? On ne lui avait jamais connu d'autre
nom. A l'époque de sa naissance, le directoire
existait encore. Point de nom de famille, elle
n'avait pas de famille; point de nom de baptême,
l'Église n'était plus là. Elle s'appela comme il plut
au premier passant qui la rencontra toute petite,
allant pieds nus dans la rue. Elle reçut un nom
comme elle recevait l'eau des nuées sur son front
quand il pleuvait. On l'appela la petite Fantine.
Personne n'en savait davantage. Cette créature
humaine était venue dans la vie comme cela. A dix
ans, Fantine quitta la ville et s'alla mettre en service chez des fermiers des environs. A quinze ans,
elle vint à Paris « chercher fortune. » Fantine était
belle et resta pure le plus longtemps qu'elle put.
C'était une jolie blonde avec de belles dents. Elle
avait de l'or et des perles pour dot; mais son or
était sur sa tête et ses perles étaient dans sa bouche.

Elle travailla pour vivre; puis, toujours pour
vivre, car le cœur a sa faim aussi, elle aima.

Elle aima Tholomyès.

Amourette pour lui, passion pour elle. Les rues du quartier latin, qu'emplit le fourmillement des étudiants et des grisettes, virent le commencement de ce songe. Fantine, dans ces dédales de la colline du Panthéon, où tant d'aventures se nouent et se dénouent, avait fui longtemps Tholomyès, mais de façon à le rencontrer toujours. Il y a une manière d'éviter qui ressemble à chercher. Bref, l'églogue eut lieu.

Blachevelle, Listolier et Fameuil formaient une sorte de groupe dont Tholomyès était la tête. C'était lui qui avait l'esprit.

Tholomyès était l'antique étudiant vieux; il était riche; il avait quatre mille francs de rente; quatre mille francs de rente, splendide scandale sur la montagne Sainte-Geneviève. Tholomyès était un viveur de trente ans, mal conservé. Il était ridé et édenté; et il ébauchait une calvitie dont il disait lui-même sans tristesse : *crâne à trente ans, genou à quarante*. Il digérait médiocrement, et il lui était venu un larmoiement à un œil. Mais à mesure que sa jeunesse s'éteignait, il allumait sa gaîté; il remplaçait ses dents par des lazzis, ses cheveux par

la joie, la santé par l'ironie, et son œil qui pleurait
riait sans cesse. Il était délabré, mais tout en fleurs.
Sa jeunesse, pliant bagage bien avant l'âge, battait
en retraite en bon ordre, éclatait de rire, et l'on
n'y voyait que du feu. Il avait eu une pièce refusée
au Vaudeville. Il faisait çà et là des vers quelconques. En outre, il doutait supérieurement de toute
chose, grande force aux yeux des faibles. Donc,
étant ironique et chauve, il était le chef. *Iron* est
un mot anglais qui veut dire fer. Serait-ce de là
que viendrait ironie?

Un jour Tholomyès prit à part les trois autres,
fit un geste d'oracle et leur dit :

— Il y a bientôt un an que Fantine, Dahlia, Zéphine et Favourite nous demandent de leur faire
une surprise. Nous la leur avons promise solen-
nellement. Elles nous en parlent toujours, à moi
surtout. De même qu'à Naples les vieilles femmes
crient à saint Janvier : *Faccia gialluta, fa o mi-
racolo,* face jaunâtre, fais ton miracle! nos belles
me disent sans cesse : Tholomyès, quand accou-
cheras-tu de ta surprise? En même temps nos
parents nous écrivent. Scie des deux côtés. Le
moment me semble venu. Causons.

Sur ce, Tholomyès baissa la voix, et articula mystérieusement quelque chose de si gai qu'un vaste et enthousiaste ricanement sortit des quatre bouches à la fois et que Blachevelle s'écria : « Ça, c'est une idée ! »

Un estaminet plein de fumée se présenta, ils y entrèrent et le reste de leur conférence se perdit dans l'ombre.

Le résultat de ces ténèbres fut une éblouissante partie de plaisir qui eut lieu le dimanche suivant, les quatre jeunes gens invitant les quatre jeunes filles.

III

QUATRE A QUATRE

Ce qu'était une partie de campagne d'étudiants et de grisettes, il y a quarante-cinq ans, on se le représente malaisément aujourd'hui. Paris n'a plus les mêmes environs; la figure de ce qu'on pourrait appeler la vie circum-parisienne a complétement changé depuis un demi-siècle; où il y avait le coucou, il y a le wagon; où il y avait la patache, il y a le bateau à vapeur; on dit aujourd'hui Fécamp

comme alors on disait Saint-Cloud. Le Paris de
1862 est une ville qui a la France pour banlieue.

Les quatre couples accomplirent consciencieuse-
ment toutes les folies champêtres possibles alors.
On entrait dans les vacances, et c'était une chaude
et claire journée d'été. La veille, Favourite, la
seule qui sût écrire, avait écrit ceci à Tholomyès
au nom des quatre : « C'est un bonne heure de
sortir de bonheur. » C'est pourquoi ils se levèrent
à cinq heures du matin. Puis ils allèrent à Saint-
Cloud par le coche, regardèrent la cascade à sec,
et s'écrièrent : cela doit être bien beau, quand il y a
de l'eau ! déjeunèrent à la *Tête-Noire*, où Castaing
n'avait pas encore passé, se payèrent une partie
de bagues au quinconce du grand bassin, montè-
rent à la lanterne de Diogène, jouèrent des maca-
rons à la roulette du pont de Sèvres, cueillirent
des bouquets à Puteaux, achetèrent des mirlitons
à Neuilly, mangèrent partout des chaussons de
pommes, furent parfaitement heureux.

Les jeunes filles bruissaient et bavardaient
comme des fauvettes échappées. C'était un délire.
Elles donnaient par moments de petites tapes aux
jeunes gens. Ivresse matinale de la vie ! Adorables

années! L'aile des libellules frissonne. Oh! qui que vous soyez, vous souvenez-vous? Avez-vous marché dans les broussailles, en écartant les branches à cause de la tête charmante qui vient derrière vous? Avez-vous glissé en riant sur quelque talus mouillé par la pluie avec une femme aimée qui vous retient par la main et qui s'écrie : Ah! mes brodequins tout neufs! dans quel état ils sont!

Disons tout de suite que cette joyeuse contrariété, une ondée, manqua à cette compagnie de belle humeur, quoique Favourite eût dit en partant, avec un accent magistral et maternel : *Les limaces se promènent dans les sentiers. Signe de pluie, mes enfants.*

Toutes quatre étaient follement jolies. Un bon vieux poète classique, alors en renom, un bonhomme qui avait une Éléonore, M. le chevalier de Labouïsse, errant ce jour-là sous les marronniers de Saint-Cloud, les vit passer vers dix heures du matin et s'écria : *il y en a une de trop,* songeant aux Grâces. Favourite, l'amie de Blachevelle, celle de vingt-trois ans, la vieille, courait en avant sous les grandes branches vertes, sautait les fossés, enjambait éperdument les buissons et présidait cette

20

gaîté avec une verve de jeune faunesse. Zéphine et Dahlia, que le hasard avait faites belles de façon qu'elles se faisaient valoir en se rapprochant et se complétaient, ne se quittaient point, par instinct de coquetterie plus encore que par amitié, et, appuyées l'une à l'autre, prenaient des poses anglaises; les premiers *keepsakes* venaient de paraître, la mélancolie pointait pour les femmes comme, plus tard, le byronisme pour les hommes, et les cheveux du sexe tendre commençaient à s'éplorer. Zéphine et Dahlia étaient coiffées en rouleaux. Listolier et Fameuil, engagés dans une discussion sur leurs professeurs, expliquaient à Fantine la différence qu'il y avait entre M. Delvincourt et M. Blondeau.

Blachevelle semblait avoir été créé expressément pour porter sur son bras le dimanche le châle-ternaux boiteux de Favourite.

Tholomyès suivait, dominant le groupe. Il était très-gai, mais on sentait en lui le gouvernement; il y avait de la dictature dans sa jovialité; son ornement principal était un pantalon jambes-d'éléphant, en nankin, avec sous-pieds de tresse de cuivre; il avait un puissant rotin de deux cents

francs à la main, et, comme il se permettait tout,
une chose étrange appelée cigare, à la bouche.
Rien n'étant sacré pour lui, il fumait.

— Ce Tholomyès est étonnant, disaient les
autres avec vénération. Quels pantalons! quelle
énergie!

Quant à Fantine, c'était la joie. Ses dents splen-
dides avaient évidemment reçu de Dieu une fonction, le rire. Elle portait à sa main plus volontiers
que sur sa tête son petit chapeau de paille cousue,
aux longues brides blanches. Ses épais cheveux
blonds, enclins à flotter et facilement dénoués et
qu'il fallait rattacher sans cesse, semblaient faits
pour la fuite de Galatée sous les saules. Ses lèvres
roses babillaient avec enchantement. Les coins de
sa bouche, voluptueusement relevés comme aux
mascarons antiques d'Érigone, avaient l'air d'en-
courager les audaces, mais ses longs cils pleins
d'ombre s'abaissaient discrètement sur ce brouhaha
du bas du visage comme pour mettre le holà. Toute
sa toilette avait on ne sait quoi de chantant et de
flambant. Elle avait une robe de barége mauve,
de petits souliers-cothurnes mordorés dont les rubans traçaient des X sur son fin bas blanc à jour,

et cette espèce de spencer en mousseline, invention marseillaise, dont le nom, canezou, corruption du mot *quinze août* prononcé à la Canebière, signifie beau temps, chaleur et midi. Les trois autres, moins timides, nous l'avons dit, étaient décolletées tout net, ce qui, l'été, sous des chapeaux couverts de fleurs, a beaucoup de grâce et d'agacerie; mais à côté de ces ajustements hardis, le canezou de la blonde Fantine, avec ses transparences, ses indiscrétions et ses réticences, cachant et montrant à la fois, semblait une trouvaille provoquante de la décence, et la fameuse cour d'amour, présidée par la vicomtesse de Cette aux yeux vert de mer, eût peut-être donné le prix de la coquetterie à ce canezou qui concourait pour la chasteté. Le plus naïf est quelquefois le plus savant. Cela arrive.

Éclatante de face, délicate de profil, les yeux d'un bleu profond, les paupières grasses, les pieds cambrés et petits, les poignets et les chevilles admirablement emboîtés, la peau blanche laissant voir çà et là les arborescences azurées des veines, la joue puérile et fraîche, le cou robuste des Junons éginétiques, la nuque forte et souple, les épaules modelées comme par Coustou, ayant au centre

une voluptueuse fossette visible à travers la mousseline; une gaîté glacée de rêverie; sculpturale et
exquise; telle était Fantine; et l'on devinait sous
ces chiffons et ces rubans une statue, et dans cette
statue une âme.

Fantine était belle, sans trop le savoir. Les rares
songeurs, prêtres mystérieux du beau, qui confron-
tent silencieusement toute chose à la perfection,
eussent entrevu en cette petite ouvrière, à travers
la transparence de la grâce parisienne, l'antique
euphonie sacrée. Cette fille de l'ombre avait de la
race. Elle était belle sous les deux espèces, qui
sont le style et le rhythme. Le style est la forme
de l'idéal; le rhythme en est le mouvement.

Nous avons dit que Fantine était la joie; Fantine
était aussi la pudeur.

Pour un observateur qui l'eût étudiée attentivement, ce qui se dégageait d'elle à travers toute
cette ivresse de l'âge, de la saison et de l'amourette, c'était une invincible expression de retenue
et de modestie. Elle restait un peu étonnée. Ce
chaste étonnement-là est la nuance qui sépare
Psyché de Vénus. Fantine avait les longs doigts
blancs et fins de la vestale qui remue les cendres

du feu sacré avec une épingle d'or. Quoiqu'elle n'eût rien refusé, on ne le verra que trop, à Tholomyès, son visage, au repos, était souverainement virginal; une sorte de dignité sérieuse et presque austère l'envahissait soudainement à de certaines heures, et rien n'était singulier et troublant comme de voir la gaîté s'y éteindre si vite et le recueillement y succéder sans transition à l'épanouissement. Cette gravité subite, parfois sévèrement accentuée, ressemblait au dédain d'une déesse. Son front, son nez et son menton offraient cet équilibre de ligne, très-distinct de l'équilibre de proportion, et d'où résulte l'harmonie du visage; dans l'intervalle si caractéristique qui sépare la base du nez de la lèvre supérieure, elle avait ce pli imperceptible et charmant, signe mystérieux de la chasteté qui rendit Barberousse amoureux d'une Diane trouvée dans les fouilles d'Icône.

L'amour est une faute; soit. Fantine était l'innocence surnageant sur la faute.

IV

Cette journée-là était d'un bout à l'autre faite
d'aurore. Toute la nature semblait avoir congé, et
rire. Les parterres de Saint-Cloud embaumaient ;
le souffle de la Seine remuait vaguement les feuilles ;
les branches gesticulaient dans le vent ; les abeilles
mettaient les jasmins au pillage ; toute une bohème
de papillons s'abattait dans les achillées, les

trèfles et les folles avoines; il y avait dans l'auguste parc du roi de France un tas de vagabonds,
les oiseaux.

Les quatre joyeux couples, mêlés au soleil,
aux champs, aux fleurs, aux arbres, resplendis-
saient.

Et, dans cette communauté de paradis, parlant, chantant, courant, dansant, chassant aux
papillons, cueillant des liserons, mouillant leurs
bas à jour roses dans les hautes herbes, fraîches,
folles, point méchantes, toutes recevaient un peu
çà et là les baisers de tous, excepté Fantine en-
fermée dans sa vague résistance rêveuse et farouche, et qui aimait. — Toi, lui disait Favourite, tu
as toujours l'air chose.

Ce sont là les joies. Ces passages de couples
heureux sont un appel profond à la vie et à la nature, et font sortir de tout la caresse et la lumière.
Il y avait une fois une fée qui fit les prairies et les
arbres exprès pour les amoureux. De là cette éter-
nelle école buissonnière des amants qui recommence
sans cesse et qui durera tant qu'il y aura des buissons et des écoliers. De là la popularité du printemps parmi les penseurs. Le patricien et le gagne-

petit, le duc et pair et le robin, les gens de la cour
et les gens de la ville, comme on parlait autrefois,
tous sont sujets de cette fée. On rit, on se cherche,
il y a dans l'air une clarté d'apothéose, quelle
transfiguration que d'aimer! Les clercs de notaire
sont des dieux. Et les petits cris, les poursuites
dans l'herbe, les tailles prises au vol, ces jargons
qui sont des mélodies, ces adorations qui éclatent
dans la façon de dire une syllabe, ces cerises arra-
chées d'une bouche à l'autre, tout cela flamboie
et passe dans des gloires célestes. Les belles filles
font un doux gaspillage d'elles-mêmes. On croit
que cela ne finira jamais. Les philosophes, les
poètes, les peintres regardent ces extases et ne
savent qu'en faire, tant cela les éblouit. Le départ
pour Cythère! s'écrie Watteau; Lancret, le peintre
de la roture, contemple ses bourgeois envolés dans
le bleu; Diderot tend les bras à toutes ces amourettes, et d'Urfé y mêle des druides.

Après le déjeuner les quatre couples étaient
allés voir, dans ce qu'on appelait alors le carré
du roi, une plante nouvellement arrivée de l'Inde,
dont le nom nous échappe en ce moment, et qui
à cette époque attirait tout Paris à Saint-Cloud:

c'était un bizarre et charmant arbrisseau haut sur
tige, dont les innombrables branches fines comme
des fils, ébouriffées, sans feuilles, étaient couvertes d'un million de petites rosettes blanches ;
ce qui faisait que l'arbuste avait l'air d'une che-
velure pouilleuse de fleurs. Il y avait toujours
foule à l'admirer.

L'arbuste vu, Tholomyès s'était écrié : J'offre
des ânes ! et, prix fait avec un ânier, ils étaient
revenus par Vanvres et Issy. A Issy, incident. Le
parc, Bien National possédé à cette époque par le
munitionnaire Bourguin, était d'aventure tout grand
ouvert. Ils avaient franchi la grille, visité l'ana-
chorète mannequin dans sa grotte, essayé les petits effets mystérieux du fameux cabinet des
miroirs, lascif traquenard digne d'un satyre devenu millionnaire ou de Turcaret métamorphosé en
Priape. Ils avaient robustement secoué le grand
filet balançoire attaché aux deux châtaigniers cé-
lébrés par l'abbé de Bernis. Tout en y balançant
ces belles l'une après l'autre, ce qui faisait, parmi
les rires universels, des plis de jupe envolée où
Greuze eût trouvé son compte, le Toulousain
Tholomyès, quelque peu Espagnol, Toulouse est

cousine de Tolosa, chantait, sur une mélopée mé-
lancolique, la vieille chanson *gallega* probablement inspirée par quelque belle fille lancée à toute
volée sur une corde entre deux arbres :

> Soy de Badajoz.
> Amor me llama.
> Toda mi alma
> Es en mi ojos
> Porque enseñas
> A tus piernas.

Fantine seule refusa de se balancer.

— Je n'aime pas qu'on ait du genre comme ça,
murmura assez aigrement Favourite.

Les ânes quittés, joie nouvelle ; on passa la
Seine en bateau, et de Passy, à pied, ils gagnèrent
la barrière de l'Étoile. Ils étaient, on s'en souvient,
debout depuis cinq heures du matin ; mais, bah !
il n'y a pas de lassitude le dimanche, disait Favourite ; *le dimanche, la fatigue ne travaille pas.*
Vers trois heures les quatre couples, effarés de
bonheur, dégringolaient aux montagnes russes,
édifice singulier qui occupait alors les hauteurs
Beaujon et dont on apercevait la ligne serpentante
au dessus des arbres des Champs-Élysées.

De temps en temps Favourite s'écriait :

— Et la surprise ? je demande la surprise.

— Patience, répondait Tholomyès.

V

CHEZ BOMBARDA

Les montagnes russes épuisées, on avait songé
au dîner ; et le radieux huitain, enfin un peu las,
s'était échoué au cabaret Bombarda, succursale
qu'avait établie aux Champs-Élysées ce fameux
restaurateur Bombarda, dont on voyait alors l'enseigne rue de Rivoli à côté du passage Delorme.

Une chambre grande, mais laide, avec alcôve
et lit au fond (vu la plénitude du cabaret le di-

manche, il avait fallu accepter ce gîte); deux fenêtres d'où l'on pouvait contempler, à travers les ormes, le quai et la rivière; un magnifique rayon d'août effleurant les fenêtres; deux tables; sur l'une une triomphante montagne de bouquets mêlés à des chapeaux d'hommes et de femmes; à l'autre les quatre couples attablés autour d'un joyeux encombrement de plats, d'assiettes, de verres et de bouteilles; des cruchons de bière mêlés à des flacons de vin; peu d'ordre sur la table, quelque désordre dessous;

> Ils faisaient sous la table
> Un bruit, un trique-trac de pieds épouvantable,

dit Molière.

Voilà où en était vers quatre heures et demie du soir la bergerade commencée à cinq heures du matin. Le soleil déclinait, l'appétit s'éteignait.

Les Champs-Élysées, pleins de soleil et de foule, n'étaient que lumière et poussière, deux choses dont se compose la gloire. Les chevaux de Marly, ces marbres hennissants, se cabraient dans un nuage d'or. Les carrosses allaient et venaient. Un escadron de magnifiques gardes du corps, clairon en tête, descendait l'avenue de Neuilly ; le drapeau blanc, vaguement rose au soleil couchant, flottait sur le dôme des Tuileries. La place de la Concorde, redevenue alors place Louis XV, regorgeait de promeneurs contents. Beaucoup portaient la fleur de lis d'argent suspendue au ruban blanc moiré qui, en 1817, n'avait pas encore tout à fait disparu des boutonnières. Çà et là, au milieu des passants faisant cercle et applaudissant, des rondes de petites filles jetaient au vent une bourrée bourbonnienne alors célèbre, destinée à foudroyer les cent jours, et qui avait pour ritournelle :

> Rendez-nous notre père de Gand,
> Rendez-nous notre père.

Des tas de faubouriens endimanchés, parfois même fleurdelisés comme les bourgeois, épars dans le grand carré et dans le carré Marigny, jouaient aux bagues et tournaient sur les chevaux de bois ; d'autres buvaient ; quelques-uns, apprentis imprimeurs, avaient des bonnets de papier ; on entendait leurs rires. Tout était radieux. C'était un temps de paix incontestable et de profonde sécurité royaliste ; c'était l'époque où un rapport

intime et spécial du préfet de police Anglès au roi
sur les faubourgs de Paris se terminait par ces
lignes : « Tout bien considéré, Sire, il n'y a rien
« à craindre de ces gens-là. Ils sont insouciants et
« indolents comme des chats. Le bas peuple des
« provinces est remuant, celui de Paris ne l'est
« pas. Ce sont tous petits hommes. Sire, il en
« faudrait deux bout à bout pour faire un de vos
« grenadiers. Il n'y a point de crainte du côté de
« la populace de la capitale. Il est remarquable
« que la taille a encore décru dans cette population
« depuis cinquante ans ; et le peuple des faubourgs
« de Paris est plus petit qu'avant la Révolution. Il
« n'est pas dangereux. En somme, c'est de la ca-
« naille bonne. »

Qu'un chat puisse se changer en lion, les préfets de police ne le croient pas possible ; cela est
pourtant, et c'est là le miracle du peuple de Paris.
Le chat d'ailleurs, si méprisé du comte Anglès,
avait l'estime des républiques antiques ; il incar-
nait à leurs yeux la liberté, et, comme pour servir
de pendant à la Minerve aptère du Pirée, il y avait
sur la place publique de Corinthe le colosse de
bronze d'un chat. La police naïve de la restaura-

tion voyait trop « en beau » le peuple de Paris. Ce
n'est point, autant qu'on le croit, de la « canaille
bonne. » Le Parisien est au Français ce que l'Athé-
nien est au Grec ; personne ne dort mieux que lui,
personne n'est plus franchement frivole et pares-
seux que lui, personne mieux que lui n'a l'air d'ou-
blier ; qu'on ne s'y fie pas pourtant ; il est propre à
toute sorte de nonchalance, mais quand il y a de
la gloire au bout, il est admirable à toute espèce
de furie. Donnez-lui une pique, il fera le 10 août ;
donnez-lui un fusil, vous aurez Austerlitz. Il est le
point d'appui de Napoléon et la ressource de Dan-
ton. S'agit-il de la patrie? il s'enrôle ; s'agit-il de
la liberté? il dépave. Gare ! ses cheveux pleins de
colère sont épiques ; sa blouse se drape en chla-
myde. Prenez garde. De la première rue Grenétat
venue, il fera des fourches caudines. Si l'heure
sonne, ce faubourien va grandir, ce petit homme
va se lever, et il regardera d'une façon terrible, et
son souffle deviendra tempête, et il sortira de cette
pauvre poitrine grêle assez de vent pour déranger
les plis des Alpes. C'est grâce au faubourien de
Paris que la révolution, mêlée aux armées, con-
quiert l'Europe. Il chante, c'est sa joie. Propor-

tionnez sa chanson à sa nature, et vous verrez !
Tant qu'il n'a pour refrain que la Carmagnole, il
ne renverse que Louis XVI ; faites-lui chanter la
Marseillaise, il délivrera le monde.

Cette note écrite en marge du rapport Anglès,
nous revenons à nos quatre couples. Le dîner,
comme nous l'avons dit, s'achevait.

VI

CHAPITRE OU L'ON S'ADORE

Propos de table et propos d'amour; les uns sont aussi insaisissables que les autres; les propos d'amour sont des nuées, les propos de table sont des fumées.

Fameuil et Dahlia fredonnaient; Tholomyès buvait, Zéphine riait, Fantine souriait. Listolier soufflait dans une trompette de bois achetée à

Saint-Cloud. Favourite regardait tendrement Blachevelle et disait :

— Blachevelle, je t'adore.

Ceci amena une question de Blachevelle :

— Qu'est-ce que tu ferais, Favourite, si je cessais de t'aimer?

— Moi! s'écria Favourite. Ah! ne dis pas cela,
même pour rire! Si tu cessais de m'aimer, je te
sauterais après, je te grifferais, je te grafignerais,
je te jetterais de l'eau, je te ferais arrêter.

Blachevelle sourit avec la fatuité voluptueuse
d'un homme chatouillé à l'amour-propre. Favourite reprit :

— Oui, je crierais à la garde! Ah! je me gêne-
rais par exemple! Canaille!

Blachevelle, extasié, se renversa sur sa chaise
et ferma orgueilleusement les deux yeux.

Dahlia, tout en mangeant, dit bas à Favourite
dans le brouhaha :

— Tu l'idolâtres donc bien, ton Blachevelle?

— Moi, je le déteste, répondit Favourite du
même ton en ressaisissant sa fourchette. Il est
avare. J'aime le petit d'en face de chez moi. Il est
très-bien, ce jeune homme-là, le connais-tu? On

voit qu'il a le genre d'être acteur. J'aime les ac-
teurs. Sitôt qu'il rentre, sa mère dit : — Ah! mon
Dieu! ma tranquillité est perdue. Le voilà qui va
crier. Mais, mon ami, tu me casses la tête! —
Parce qu'il va dans la maison, dans des greniers à
rats, dans des trous noirs, si haut qu'il peut monter, — et chanter, et déclamer, est-ce que je sais,
moi? qu'on l'entend d'en bas! Il gagne déjà vingt
sous par jour chez un avoué à écrire de la chicane.
Il est fils d'un ancien chantre de Saint-Jacques du
Haut-Pas. Ah! il est très-bien. Il m'idolâtre tant
qu'un jour qu'il me voyait faire de la pâte pour
des crêpes, il m'a dit : *Mamselle, faites des bei-
gnets de vos gants et je les mangerai.* Il n'y a que
les artistes pour dire des choses comme ça. Ah! il
est très-bien. Je suis en train d'être insensée de ce
petit-là. C'est égal, je dis à Blachevelle que je
l'adore. Comme je mens! Hein? comme je mens!

Favourite fit une pause, et continua :

— Dahlia, vois-tu, je suis triste. Il n'a fait que
pleuvoir tout l'été, le vent m'agace, le vent ne dé-
colère pas, Blachevelle est très-pingre, c'est à
peine s'il y a des petits pois au marché, on ne sait
que manger, j'ai le spleen, comme disent les An-

glais, le beurre est si cher! et puis, vois, c'est une
horreur, nous dînons dans un endroit où il y a un
lit, ça me dégoûte de la vie.

VII

SAGESSE DE THOLOMYES

Cependant, tandis que quelques-uns chantaient, les autres causaient tumultueusement tous ensemble ; ce n'était plus que du bruit. Tholomyès intervint.

— Ne parlons point au hasard ni trop vite, s'écria-t-il. Méditons si nous voulons être éblouissants. Trop d'improvisation vide bêtement l'esprit. Bierre qui coule n'amasse point de mousse. Mes-

sieurs, pas de hâte. Mêlons la majesté à la ripaille ;
mangeons avec recueillement ; festinons lentement.
Ne nous pressons pas. Voyez le printemps ; s'il se
dépêche, il est flambé, c'est-à-dire gelé. L'excès
de zèle perd les pêchers et les abricotiers. L'excès
de zèle tue la grâce et la joie des bons dîners.
Pas de zèle, messieurs ! Grimod de la Reynière est
de l'avis de Talleyrand.

Une sourde rébellion gronda dans le groupe.

— Tholomyès, laisse-nous tranquilles, dit Blachevelle.

— A bas le tyran ! dit Fameuil.

— Bombarda, Bombance et Bamboche ! cria
Listolier.

— Le dimanche existe, reprit Fameuil.

— Nous sommes sobres, ajouta Listolier.

— Tholomyès, fit Blachevelle, contemple mon
calme.

— Tu en es le marquis, répondit Tholomyès.

Ce médiocre jeu de mots fit l'effet d'une pierre
dans une mare. Le marquis de Montcalm était un
royaliste alors célèbre. Toutes les grenouilles se
turent.

— Amis, s'écria Tholomyès de l'accent d'un

homme qui ressaisit l'empire, remettez-vous. Il ne
faut pas que trop de stupeur accueille ce calembour
tombé du ciel. Tout ce qui tombe de la sorte n'est
pas nécessairement digne d'enthousiasme et de
respect. Le calembour est la fiente de l'esprit qui
vole. Le lazzi tombe n'importe où; et l'esprit,
après la ponte d'une bêtise, s'enfonce dans l'azur.
Une tache blanchâtre qui s'aplatit sur le rocher
n'empêche pas le condor de planer. Loin de moi
l'insulte au calembour! Je l'honore dans la proportion de ses mérites; rien de plus. Tout ce qu'il
y a de plus auguste, de plus sublime et de plus
charmant dans l'humanité, et peut-être hors de
l'humanité, a fait des jeux de mots. Jésus-Christ a
fait un calembour sur saint Pierre, Moïse sur Isaac,
Eschyle sur Polynice, Cléopâtre sur Octave. Et
notez que ce calembour de Cléopâtre a précédé la
bataille d'Actium, et que, sans lui, personne ne se
souviendrait de la ville de Toryne, nom grec qui
signifie cuillère à pot. Cela concédé, je reviens à
mon exhortation. Mes frères, je le répète, pas de
zèle, pas de tohu-bohu, pas d'excès, même en
pointes, gayetés, liesses et jeux de mots. Écoutez-
moi, j'ai la prudence d'Amphiaraüs et la calvitie de

César. Il faut une limite, même aux rébus. *Est modus in rebus.* Il faut une limite, même aux dîners. Vous aimez les chaussons aux pommes, mesdames, n'en abusez pas. Il faut, même en chaussons, du bon sens et de l'art. La gloutonnerie châtie le glouton. Gula punit Gulax. L'indigestion est chargée par le bon Dieu de faire de la morale aux estomacs. Et, retenez ceci : chacune de nos passions, même l'amour, a un estomac qu'il ne faut pas trop remplir. En toute chose il faut écrire à temps le mot *finis,* il faut se contenir, quand cela devient urgent, tirer le verrou sur son appétit, mettre au violon sa fantaisie et se mener soi-même au poste. Le sage est celui qui sait à un moment donné opérer sa propre arrestation. Ayez quelque confiance en moi. Parce que j'ai fait un peu mon droit, à ce que disent mes examens, parce que je sais la différence qu'il y a entre la question mue et la question pendante, parce que j'ai soutenu une thèse en latin sur la manière dont on donnait la torture à Rome au temps où Munatius Demens était questeur du Parricide, parce que je vais être docteur, à ce qu'il paraît, il ne s'ensuit pas de toute nécessité que je sois un imbécile. Je vous recommande la modération dans

vos désirs. Vrai comme je m'appelle Félix Tholomyès, je parle bien. Heureux celui qui, lorsque
l'heure a sonné, prend un parti héroïque, et
abdique comme Sylla ou Origène !

Favourite écoutait avec une attention profonde :

— Félix ! dit-elle, quel joli mot ! J'aime ce
nom-là. C'est en latin. Ça veut dire Prosper.

Tholomyès poursuivit :

— Quirites, gentlemen, caballeros, mes amis !
voulez-vous ne sentir aucun aiguillon et vous
passer de lit nuptial et braver l'amour ? Rien de
plus simple. Voici la recette : la limonade, l'exer-
cice outré, le travail forcé, éreintez-vous, traînez
des blocs, ne dormez pas, veillez ; gorgez-vous de
boissons nitreuses et de tisanes de nymphæas,
savourez des émulsions de pavots et d'agnus-
castus, assaisonnez-moi cela d'une diète sévère,
crevez de faim, et joignez-y les bains froids, les
ceintures d'herbes, l'application d'une plaque de
plomb, les lotions avec la liqueur de Saturne et les
fomentations avec l'oxycrat.

— J'aime mieux une femme, dit Listolier.

— La femme ! reprit Tholomyès, méfiez-vous-
en. Malheur à celui qui se livre au cœur changeant

de la femme! La femme est perfide et tortueuse.
Elle déteste le serpent par jalousie de métier. Le
serpent, c'est la boutique en face.

— Tholomyès, cria Blachevelle, tu es ivre!

— Pardieu! dit Tholomyès.

— Alors sois gai, reprit Blachevelle.

— J'y consens, répondit Tholomyès.

Et, remplissant son verre, il se leva :

— Gloire au vin! *Nunc te, Bacche, canam!*
Pardon, mesdemoiselles, c'est de l'espagnol. Et
la preuve, señoras, la voici : tel peuple, telle fu-
taille. L'arrobe de Castille contient seize litres, le
cantaro d'Alicante douze, l'almude des Canaries
vingt-cinq, le cuartin des Baléares vingt-six, la
botte du czar Pierre trente. Vive ce czar qui était
grand, et vive sa botte qui était plus grande encore!
Mesdames, un conseil d'amis : trompez-vous de
voisin, si bon vous semble. Le propre de l'amour,
c'est d'errer. L'amourette n'est pas faite pour s'ac-
croupir et s'abrutir comme une servante anglaise
qui a le calus du scrobage aux genoux. Elle n'est
pas faite pour cela, elle erre gaîment, la douce
amourette! On a dit : l'erreur est humaine; moi je
dis : l'erreur est amoureuse. Mesdames, je vous

idolâtre toutes. O Zéphine, ô Joséphine, figure plus
que chiffonnée, vous seriez charmante, si vous
n'étiez de travers. Vous avez l'air d'un joli visage
sur lequel, par mégarde, on s'est assis. Quant à
Favourite, ô nymphes et muses! un jour que Blachevelle passait le ruisseau de la rue Guérin-Bois-
seau, il vit une belle fille aux bas blancs et bien
tirés qui montrait ses jambes. Ce prologue lui plut,
et Blachevelle aima. Celle qu'il aima était Favourite. O Favourite, tu as des lèvres ioniennes. Il y
avait un peintre grec, appelé Euphorion, qu'on
avait surnommé le peintre des lèvres. Ce Grec
seul eût été digne de peindre ta bouche. Écoute!
avant toi, il n'y avait pas de créature digne de ce
nom. Tu es faite pour recevoir la pomme comme
Vénus ou pour la manger comme Ève. La beauté
commence à toi. Je viens de parler d'Ève, c'est toi
qui l'as créée. Tu mérites le brevet d'invention de
la jolie femme. O Favourite, je cesse de vous
tutoyer, parce que je passe de la poésie à la prose.
Vous parliez de mon nom tout à l'heure. Cela m'a
attendri; mais, qui que nous soyons, méfions-nous
des noms. Ils peuvent se tromper. Je me nomme
Félix et ne suis pas heureux. Les mots sont des

menteurs. N'acceptons pas aveuglément les indi-
cations qu'ils nous donnent. Ce serait une erreur
d'écrire à Liége pour avoir des bouchons et à Pau
pour avoir des gants. Miss Dahlia, à votre place, je
m'appellerais Rosa. Il faut que la fleur sente bon
et que la femme ait de l'esprit. Je ne dis rien de
Fantine, c'est une songeuse, une rêveuse, une pen-
sive, une sensitive; c'est un fantôme ayant la forme
d'une nymphe et la pudeur d'une nonne, qui se
fourvoie dans la vie de grisette, mais qui se réfugie
dans les illusions, et qui chante, et qui prie, et
qui regarde l'azur sans trop savoir ce qu'elle voit
ni ce qu'elle fait, et qui, les yeux au ciel, erre dans
un jardin où il y a plus d'oiseaux qu'il n'en existe !
O Fantine, sache ceci : moi Tholomyès, je suis
une illusion; mais elle ne m'entend même pas, la
blonde fille des chimères ! Du reste, tout en elle
est fraîcheur, suavité, jeunesse, douce clarté matinale. O Fantine, fille digne de vous appeler Mar-
guerite ou Perle, vous êtes une femme du plus bel
orient. Mesdames, un deuxième conseil : ne vous
mariez point; le mariage est une greffe; cela prend
bien ou mal; fuyez ce risque. Mais, bah ! qu'est-ce
que je chante là? Je perds mes paroles. Les filles

sont incurables sur l'épousaille; et tout ce que nous pouvons dire, nous autres sages, n'empêchera point les giletières et les piqueuses de bottines de rêver des maris enrichis de diamants. Enfin, soit; mais, belles, retenez ceci : vous mangez trop de sucre. Vous n'avez qu'un tort, ô femmes, c'est de grignoter du sucre. O sexe rongeur, tes jolies petites dents blanches adorent le sucre. Or, écoutez bien : le sucre est un sel. Tout sel est desséchant. Le sucre est le plus desséchant de tous les sels. Il pompe à travers les veines les liquides du sang; de là la coagulation, puis la solidification du sang; de là les tubercules dans le poumon; de là la mort. Et c'est pourquoi le diabète confine à la phthisie. Donc ne croquez pas de sucre et vous vivrez! Je me tourne vers les hommes : messieurs, faites des conquêtes. Pillez-vous les uns aux autres sans remords vos bien-aimées. Chassez-croisez. En amour, il n'y a pas d'amis. Partout où il y a une jolie femme, l'hostilité est ouverte. Pas de quartier, guerre à outrance! Une jolie femme est un *casus belli;* une jolie femme est un flagrant délit. Toutes les invasions de l'histoire sont déterminées par des cotillons. La femme est le droit de l'homme. Romulus a enlevé les Sabines, Guillaume a enlevé les Saxonnes, César a enlevé les Romaines. L'homme qui n'est pas aimé plane comme un vautour sur les amantes d'autrui; et quant à moi, à tous ces infortunés qui sont veufs, je jette la proclamation sublime de Bonaparte à l'armée d'Italie : « Soldats, vous manquez de tout. L'ennemi en a. »

Tholomyès s'interrompit.

— Souffle, Tholomyès, dit Blachevelle.

En même temps, Blachevelle, appuyé de Listolier et de Fameuil, entonna sur un air de complainte une de ces chansons d'atelier composées des premiers mots venus, rimées richement et pas du tout, vides de sens comme le geste de l'arbre et le bruit du vent, qui naissent de la vapeur des pipes et se dissipent et s'envolent avec elle. Voici par quel couplet le groupe donna la réplique à la harangue de Tholomyès :

> Les pères dindons donnèrent
> De l'argent à un agent
> Pour que mons Clermont-Tonnerre
> Fût fait pape à la Saint-Jean ;
> Mais Clermont ne put pas être

Fait pape, n'étant pas prêtre,
Alors leur agent rageant
Leur rapporta leur argent.

Ceci n'était pas fait pour calmer l'improvisation de Tholomyès; il vida son verre, le remplit, et recommença.

— A bas la sagesse! oubliez tout ce que j'ai dit. Ne soyons ni prudes, ni prudents, ni prud'hommes. Je porte un toast à l'allégresse; soyons allègres! Complétons notre cours de droit par la folie et la nourriture. Indigestion et digeste. Que Justinien soit le mâle et que Ripaille soit la femelle! Joie dans les profondeurs! Vis, ô création! Le monde est un gros diamant. Je suis heureux. Les oiseaux sont étonnants. Quelle fête partout! Le rossignol est un Elleviou gratis. Été, je te salue. O Luxembourg! ô Géorgiques de la rue Madame et de l'Allée de l'Observatoire! ô pioupioux rêveurs! ô toutes ces bonnes charmantes qui, tout en gardant des enfants, s'amusent à en ébaucher! Les pampas de l'Amérique me plairaient, si je n'avais les arcades de l'Odéon. Mon âme s'envole dans les forêts vierges et dans les savanes. Tout est beau. Les mouches bourdonnent dans les rayons. Le soleil a éternué le colibri. Embrasse-moi, Fantine!

Il se trompa, et embrassa Favourite.

VIII

MORT D'UN CHEVAL

— On dîne mieux chez Édon que chez Bombarda, s'écria Zéphine.

— Je préfère Bombarda à Édon, déclara Blachevelle. Il a plus de luxe. C'est plus asiatique. Voyez la salle d'en bas. Il y a des glaces sur les murs.

— J'en aime mieux dans mon assiette, dit Favourite.

Blachevelle insista :

— Regardez les couteaux. Les manches sont en argent chez Bombarda, et en os chez Édon. Or, l'argent est plus précieux que l'os.

— Excepté pour ceux qui ont un menton d'argent, observa Tholomyès.

Il regardait en cet instant-là le dôme des Invalides, visible des fenêtres de Bombarda.

Il y eut une pause.

— Tholomyès, cria Fameuil, tout à l'heure, Listolier et moi, nous avions une discussion.

— Une discussion est bonne, répondit Tholomyès, une querelle vaut mieux.

— Nous disputions philosophie.

— Soit.

— Lequel préfères-tu de Descartes ou de Spinosa ?

— Désaugiers, dit Tholomyès.

Cet arrêt rendu, il but et reprit :

— Je consens à vivre. Tout n'est pas fini sur la terre, puisqu'on peut encore déraisonner. J'en rends grâces aux dieux immortels. On ment, mais on rit. On affirme, mais on doute. L'inattendu jaillit du syllogisme. C'est beau. Il est encore ici-

bas des humains qui savent joyeusement ouvrir et
fermer la boîte à surprises du paradoxe. Ceci,
mesdames, que vous buvez d'un air tranquille, est
du vin de Madère, sachez-le, du cru de Coural
das Freiras qui est à trois cent dix-sept toises au-
dessus du niveau de la mer! Attention en buvant!
trois cent dix-sept toises! et monsieur Bombarda,
le magnifique restaurateur, vous donne ces trois
cent dix-sept toises pour quatre francs cinquante
centimes!

Fameuil interrompit de nouveau :

— Tholomyès, tes opinions font loi. Quel est
ton auteur favori?

— Ber...

— Quin?

— Non. Choux.

·Et Tholomyès poursuivit :

— Honneur à Bombarda! il égalerait Munophis
d'Elephanta s'il pouvait me cueillir une almée, et
Thygélion de Chéronée s'il pouvait m'apporter une
hétaïre! car, ô mesdames, il y avait des Bombarda en Grèce et en Égypte. C'est Apulée qui nous
l'apprend. Hélas! toujours les mêmes choses et
rien de nouveau. Plus rien d'inédit dans la créa-

tion du créateur! *Nil sub sole novum*, dit Salomon;
amor omnibus idem, dit Virgile; et Carabine monte
avec Carabin dans la galiote de Saint-Cloud,
comme Aspasie s'embarquait avec Périclès sur la
flotte de Samos. Un dernier mot. Savez-vous ce
que c'était qu'Aspasie, mesdames? Quoiqu'elle
vécût dans un temps où les femmes n'avaient pas
encore d'âme, c'était une âme; une âme d'une
nuance rose et pourpre, plus embrasée que le feu,
plus fraîche que l'aurore. Aspasie était une créature en qui se touchaient les deux extrêmes de la
femme; c'était la prostituée déesse. Socrate, plus
Manon Lescaut. Aspasie fut créée pour le cas où il
faudrait une catin à Prométhée.

Tholomyès, lancé, se serait difficilement arrêté,
si un cheval ne se fût abattu sur le quai en cet
instant-là même. Du choc, la charrette et l'ora-
teur restèrent courts. C'était une jument beauce-
ronne, vieille et maigre et digne de l'équarrisseur,
qui traînait une charrette fort lourde. Parvenue
devant Bombarda, la bête, épuisée et accablée,
avait refusé d'aller plus loin. Cet incident avait
fait de la foule. A peine le charretier, jurant et indigné, avait-il eu le temps de prononcer avec l'é-

nergie convenable le mot sacramentel : *mâtin !*
appuyé d'un implacable coup de fouet, que la
haridelle était tombée pour ne plus se relever. Au
brouhaha des passants, les gais auditeurs de
Tholomyès tournèrent la tête, et Tholomyès en profita pour clore son allocution par cette strophe mé-
lancolique :

Elle était de ce monde où coucous et carrosses
Ont le même destin,
Et. rosse, elle a vécu ce que vivent les rosses,
L'espace d'un mâtin !

— Pauvre cheval, soupira Fantine.

Et Dahlia s'écria :

— Voilà Fantine qui va se mettre à plaindre
les chevaux ? Peut-on être fichue bête comme ça !

En ce moment, Favourite, croisant les bras et
renversant sa tête en arrière, regarda résolûment
Tholomyès et dit :

— Ah çà ! et la surprise ?

— Justement. L'instant est arrivé, répondit
Tholomyès. Messieurs, l'heure de surprendre ces
dames a sonné. Mesdames, attendez-nous un
moment.

Cela commence par un baiser, dit Blachevelle.

— Sur le front, ajouta Tholomyès.

Chacun déposa gravement un baiser sur le front
de sa maîtresse ; puis ils se dirigèrent vers la
porte tous les quatre à la file, en mettant leur doigt
sur la bouche.

Favourite battit des mains à leur sortie.

— C'est déjà amusant, dit-elle.

— Ne soyez pas trop longtemps, murmura Fantine. Nous vous attendons.

FIN JOYEUSE DE LA JOIE

Les jeunes filles, restées seules, s'accoudèrent
deux à deux sur l'appui des fenêtres, jasant,
penchant leur tête et se parlant d'une croisée à
l'autre.

Elles virent les jeunes gens sortir du cabaret
Bombarda bras dessus, bras dessous; ils se re-
tournèrent, leur firent des signes en riant, et dis-
parurent dans cette poudreuse cohue du dimanche

qui envahit hebdomadairement les Champs-Élysées.

— Ne soyez pas longtemps! cria Fantine.

Que vont-ils nous rapporter? dit Zéphine.

— Pour sûr ce sera joli, dit Dahlia.

— Moi, reprit Favourite, je veux que ce soit
en or.

Elles furent bientôt distraites par le mouvement
du bord de l'eau qu'elles distinguaient dans les
branches des grands arbres et qui les divertissait
fort. C'était l'heure du départ des malles-postes et
des diligences. Presque toutes les messageries du
midi et de l'ouest passaient alors par les Champs-
Élysées. La plupart suivaient le quai et sortaient
par la barrière de Passy. De minute en minute,
quelque grosse voiture peinte en jaune et en noir,
pesamment chargée, bruyamment attelée, difforme
à force de malles, de bâches et de valises, pleine
de têtes tout de suite disparues, broyant la chaussée, changeant tous les pavés en briquets, se ruait
à travers la foule avec toutes les étincelles d'une
forge, de la poussière pour fumée, et un air de
furie. Ce vacarme réjouissait les jeunes filles. Favourite s'exclamait :

— Quel tapage ! on dirait des tas de chaînes qui s'envolent.

Il arriva une fois qu'une de ces voitures qu'on distinguait difficilement dans l'épaisseur des ormes, s'arrêta un moment, puis repartit au galop. Cela étonna Fantine.

— C'est particulier ! dit-elle. Je croyais que la diligence ne s'arrêtait jamais.

Favourite haussa les épaules :

— Cette Fantine est surprenante. Je viens la voir par curiosité. Elle s'éblouit des choses les plus simples. Une supposition : je suis un voyageur, je dis à la diligence : je vais en avant, vous me prendrez sur le quai en passant. La diligence passe, me voit, s'arrête, et me prend. Cela se fait tous les jours. Tu ne connais pas la vie, ma chère.

Un certain temps s'écoula ainsi. Tout à coup Favourite eut le mouvement de quelqu'un qui se réveille.

— Eh bien, fit-elle, et la surprise ?

— A propos, oui, reprit Dahlia, la fameuse surprise ?

— Ils sont bien longtemps ! dit Fantine.

Comme Fantine achevait ce soupir, le garçon

qui avait servi le dîner, entra. Il tenait à la main quelque chose qui ressemblait à une lettre.

— Qu'est-ce que cela? demanda Favourite.

Le garçon répondit :

— C'est un papier que ces messieurs ont laissé pour ces dames.

— Pourquoi ne l'avoir pas apporté tout de suite?

— Parce que ces messieurs, reprit le garçon, ont commandé de ne le remettre à ces dames qu'au bout d'une heure.

Favourite arracha le papier des mains du garçon. C'était une lettre en effet.

— Tiens! dit-elle. Il n'y a pas d'adresse. Mais voici ce qui est écrit dessus :

CECI EST LA SURPRISE.

Elle décacheta vivement la lettre, l'ouvrit et lut (elle savait lire) :

« O nos amantes !

« Sachez que nous avons des parents. Des pa-

« rents, vous ne connaissez pas beaucoup ça. Ça
« s'appelle des pères et mères dans le code civil,
« puéril et honnête. Or, ces parents gémissent, ces
« vieillards nous réclament, ces bons hommes et
« ces bonnes femmes nous appellent enfants prodi-
« gues, ils souhaitent nos retours, et nous offrent de
« tuer des veaux. Nous leur obéissons, étant ver-
« tueux. A l'heure où vous lirez ceci, cinq chevaux
« fougueux nous rapporteront à nos papas et à nos
« mamans. Nous fichons le camp, comme dit Bos-
« suet. Nous partons, nous sommes partis. Nous
« fuyons dans les bras de Laffitte et sur les ailes
« de Caillard. La diligence de Toulouse nous ar-
« rache à l'abîme, et l'abîme c'est vous, ô nos
« belles petites ! Nous rentrons dans la société ,
« dans le devoir et dans l'ordre, au grand trot, à
« raison de trois lieues à l'heure. Il importe à la
« patrie que nous soyons, comme tout le monde,
« préfets, pères de famille, gardes champêtres et
« conseillers d'État. Vénérez-nous. Nous nous sa-
« crifions. Pleurez-nous rapidement et remplacez-
« nous vite. Si cette lettre vous déchire, rendez-le-
« lui. Adieu.

     « Pendant près de deux ans, nous vous avons

« rendues heureuses. Ne nous en gardez pas ran-
« cune.

« Signé : BLACHEVELLE.

« FAMEUIL.

« LISTOLIER.

« FÉLIX THOLOMYÈS.

« POST-SCRIPTUM. Le dîner est payé. »

Les quatre jeunes filles se regardèrent.

Favourite rompit la première le silence.

— Eh bien! s'écria-t-elle, c'est tout de même une bonne farce.

— C'est très-drôle, dit Zéphine.

— Ce doit être Blachevelle qui a eu cette idée-là, reprit Favourite. Ça me rend amoureuse de lui. Sitôt parti, sitôt aimé. Voilà l'histoire.

— Non, dit Dahlia, c'est une idée de Tholomyès. Ça se reconnaît.

— En ce cas, repartit Favourite, mort à Blachevelle et vive Tholomyès!

— Vive Tholomyès! crièrent Dahlia et Zéphine.

Et elles éclatèrent de rire.

Fantine rit comme les autres.

Une heure après, quand elle fut rentrée dans sa

chambre, elle pleura. C'était, nous l'avons dit, son premier amour ; elle s'était donnée à ce Tholomyès comme à un mari, et la pauvre fille avait un enfant.

FIN DU TOME PREMIER

TABLE

TABLE

DU TOME PREMIER

PREMIÈRE PARTIE

FANTINE

—

LIVRE PREMIER.

UN JUSTE.

I.   23

LIVRE DEUXIÈME.

LA CHUTE.

LIVRE TROISIEME.

EN L'ANNÉE 1817

PARIS   IMPRIMERIE DE J. CLAYE, RUE SAINT-BENOIT, 7

ÉDITIONS AUTORISÉES

DES

MISÉRABLES

ÉDITIONS FRANÇAISES ORIGINALES

PARIS,   imprimée par J. CLAYE.

BRUXELLES,   —   A. LACROIX, VERBOECKHOVEN &

LEIPZIG,   —   GIESECKE & DEVRIENT.

TRADUCTIONS

ALLEMANDE,	par DIEZMANN,	chez STEINACKER, à LEIPZIG.
ANGLAISE,		— TRUBNER, à LONDRES.
ITALIENNE,	par CARLO CATTANEO,	— DAELLI, à MILAN.
ESPAGNOLE,	par F. CUESTA,	— CUESTA & MONTEMAR, à M. D.
—,	par SEGUNDO FLOREZ,	— BRACHET, à PARIS.
PORTUGAISE,		— VILLENEUVE, à RIO-JANEI.
HOLLANDAISE,	par CALISH,	— NYGH, à ROTTERDAM.
POLONAISE,		— KRAZEWSKI, à VARSOVIE.
HONGROISE.		— HECKENAST, à PESTH.

PARIS — IMPRIMERIE DE J. CLAYE, RUE SAINT-BENOIT, 7